스포일러 경고!

변기에 휴지 대신 **양말**을 버려서 전학 첫날부터 학교를 **물바다**로 만들었다든가.*

*이 이야기는

월요일 →

경고:
1. 꿀꿀이죽
2. 구토
3. 외계인 납치
등이 나올 수 있음.

치욕스러운 동영상이 인터넷에 쫙 퍼지는 바람에 밈의 주인공이 돼서 **국제적인 망신**을 당했다든가.**

어, 뽀직이잖아!

이 이야기는 **화요일

경고:
1. 끔찍한 헤어스타일
2. 행운의 팬티
3. 펑! 쾅!
등이 나올 수 있음.

비켜, 내려간다!

부럽네! 내 일주일은 끔찍했는데.

아니, 끔찍한 정도가 아니고…

내 인생 최악의
일주일이었어!

비참한 월요일! 비극적인 화요일!

그리고 이제는…

엄마와 아빠에게

내인생
최악의
일주일
🌞수요일

1판 1쇄 찍음-2025년 1월 7일 1판 1쇄 펴냄-2025년 1월 14일

지은이 이바 아모리스·맷 코스그로브 옮긴이 김영진 펴낸이 박상희 편집주간 박지은

편집 이가윤 디자인 곽민이 펴낸곳 (주)비룡소 출판등록 1994. 3. 17.(제16-849호)

주소 06027 서울시 강남구 도산대로1길 62 강남출판문화센터 4층

전화 02)515-2000 팩스 02)515-2007 홈페이지 www.bir.co.kr

제품명 어린이용 반양장 도서 제조자명 (주)비룡소 제조국명 대한민국 사용연령 3세 이상

WORST WEEK EVER 3: WEDNESDAY

TEXT COPYRIGHT © MATT COSGROVE AND EVA-JANET AMORES, 2022

ILLUSTRATIONS COPYRIGHT © MATT COSGROVE, 2022

DESIGN BY HANNAH JANZEN AND MATT COSGROVE.

ALL RIGHTS RESERVED.

THE MORAL RIGHTS OF MATT COSGROVE AND EVA-JANET AMORES HAVE BEEN ASSERTED.

FIRST PUBLISHED BY SCHOLASTIC AUSTRALIA PTY LIMITED IN 2022.

KOREAN TRANSLATION COPYRIGHT © 2025 BY BIR PUBLISHING CO., LTD.

KOREAN EDITION IS PUBLISHED BY ARRANGEMENT WITH SCHOLASTIC AUSTRALIA PTY LIMITED THROUGH THE

CHOICEMAKER KOREA CO.

ISBN 978-89-491-4453-5 74800 / 978-89-491-4450-4 (세트)

이바 아모리스 글 * 맷 코스그로브 글·그림

...수요일이야!

🐉 비룡소

여기서부터
시작해
볼까?

오전 6시 27분

"일어나!"

나는 눈을 번쩍 떴어. 겁을 먹은 탓에 눈동자가 마구 흔들렸어. 끝없이 펼쳐진 하늘…? 그제야 여기가 **어딘지** 생각났어. 차라리 다시 눈을 감았지.

"일어나, 뿌직이!"

싫어. 싫어. **싫다고!** 빛도, 진실도 다 막아 버리고 싶어서 눈을 더 꼭 감았어. 그런다고 이 **비극적이고도 끔찍한** 상황에서 벗어날 수는 없었지.

눈을 뜨고 **최악**의 현실을
받아들이는 수밖에.

끄응

난 **구명보트**에
누워 있었어…

이름 모를 바다 한가운데에…

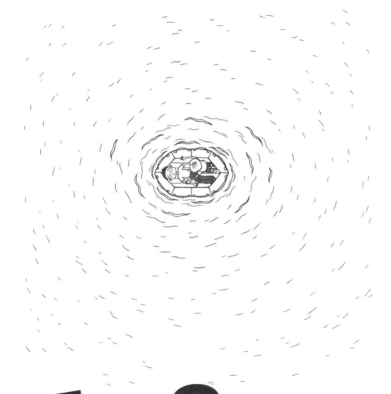

숫자 따라
색칠하기

? = 파란색

아무 숫자나 써.
어차피 다
파란색이니까!

…이 녀석과 함께 말이야!

일어나!

마빈 킹, 이름하여 나의
- 사악한 적
- 철천지원수
- 혐오스러운 가해자
- 끔찍하게 괴로운 존재
- 굉장히 짜증 나는 상대
- 중상모략의 천재
- 악의 화신
- 느물느물한 고자질쟁이
- 엉큼한 거짓말쟁이
- 악의로 가득 찬 파괴자
- 변덕스러운 이중인격자
- 거짓으로 똘똘 뭉친 명예 훼손자
- 비열한 악당
- 생각만 해도 구역질 나는 내 형제 후보

이 목록은 생일 선물 덕에 현란해진 단어 실력으로 작성되었음

제발, 제발, 광란의 대격투 전투 부대 슈팅 스커트 VIII이기를!

비디오 게임 그만하고 단어 실력을 쌓으렴!

유의어 사전

구명보트에 꼭 누구와 함께 타야 한다? 그럼 마빈은 말 그대로 지구상 모든 인간 가운데 내가 **가장 마지막으로** 선택할 녀석이었어.

누구를 태울까?

엄마

엄마라면 날 안아 주고, 어떻게 하면 좋을지도 가르쳐 줄 거야.

특기: 무술, 의료 지식, 따뜻하게 안아 주기, 모든 걸 날카롭게 꿰뚫어 보기, 강인한 힘!

아빠

아들, 방귀 트자!

아빠하고 같이 있으면 엄청 재미있을 거야.

장점: 기발한 아이디어, 손재주가 뛰어남, 긍정적
단점: 방귀. 상당히 자주 낌!

미아

난 지금 진정한 친구가 너무 그리워!

장점: 다정함, 번뜩이는 아이디어, 용감함
단점: 없음 (내 행운의 팬티 본 것만 빼고!)

할머니

#@&·!!

할머니한테서는 분명 새 욕을 배울 수 있을 거야!

특기: 재미있는 이야기, 코바늘 뜨개질, 차 마시기, 삶의 경험에서 오는 지혜

뿡뿡 선장

하악

특기: 할퀴기, 살벌한 눈빛, 할퀴기,
잠자기, 할퀴기

그래, 녀석은 보트에 일부러 구멍을 낼 거야.
인정할 건 인정해야지.
그래도 난 녀석이 그리워!

울프 그런츠

이야야얍!

장점: 퇴역 군인, 뛰어난 생존술,
천하무적, 전설적 존재
단점: 너무 무섭게 생김

내가 제일 좋아하는 리얼리티 쇼
〈생존 VS 죽음〉의 주인공. 울프 아저씨라면
날 구해 줄 수 있을지도 몰라.

슬쩍이

왈!

특기: 꼬리 치기, 물건 훔치기,
침 흘리기, 짖기, 핥기

나만 보면 좋아서 날뛰기 때문에
구명보트 분위기 띄우는 데는
한몫할 듯.

마빈

장점: 없음!
단점: 전부 다!

이 녀석은 절대, 결코, 죽었다 깨어나도 아니야!
그런데 왜 자꾸 얘랑 이렇게 엮이는 거지?
혹시 나쁜 외계인들이 장난으로
내 삶을 몰래 조종하고 있는 거 아니야?

마빈이 날 흔들고 있었어. **덜덜 떨면서.** 눈빛도 평소처럼 **차갑고** 냉정하지 않았어. **두려움**이 가득했으니까.

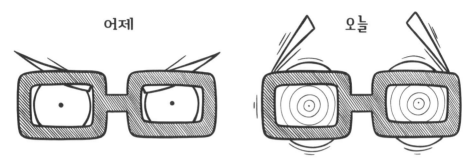

어제   오늘

"일어나! 일어나라고! 제발 좀 일어나라니까!"

마빈이 허둥대며 나를 깨웠어.

"일어났어. 일어났다고! 일어났다니까!"

나도 확실하게 대답해 줬지.

"스… 으… 스…"

마빈이 더듬거렸어.

"뭐야, 쉿? 언제는 일어나라더니 이젠 **조용히** 하라고?"

마빈이 고개를 저으며 바다를 가리켰어. 사시나무 떨듯 **덜덜 떨고 있는** 녀석의 손가락을 따라가니 그제야 내 눈에도 보였어. 물살을 가르며, 곧장 우리 쪽으로 헤엄쳐 오고 있는 그거 말이야.

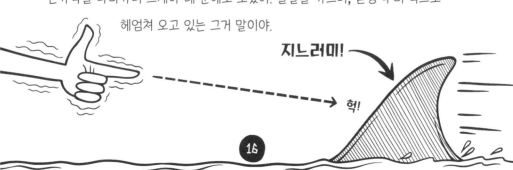

지느러미!

헉!

알고 보니…

"상어 떼!"

아니, 어쩌다 **이 지경**이
된 거냐고?

아주 좋은 질문이야.
물어봐 줘서 고마워.
그럼 잠깐 **과거로**
돌아가 볼까?

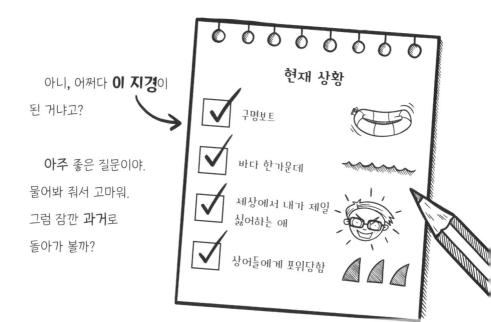

현재 상황

- ☑ 구명보트
- ☑ 바다 한가운데
- ☑ 세상에서 내가 제일 싫어하는 애
- ☑ 상어들에게 포위당함

◀◀ 되감기

**엄마,
응아해쩌!**

아니, **이렇게까지**
옛날로 말고! 내 말은
어젯밤으로 돌아가자고.
사고로 비행기에서 **튕겨
나갔던…**

어젯밤

낙하산이 펴졌어. 나는 순순히 내려가고 있었어. 이제 곧 마주해야 할 내 운명을 향해. **끔찍할 게** 분명했지. 그런데…

비켜, 내려간다!

슬로 모션

…갑자기 얼굴에

발 두 개가

떡 와 닿는 거야!

엄청 비싸고, 믿을 수 없을 정도로 깨끗한 운동화!

정말 이러기야?
나, 비행기에서 **팅겨 나오기까지** 했는데, 이 녀석한테서 **여전히** 벗어날 수 없다고?!

정지 화면

으 웨 웨!

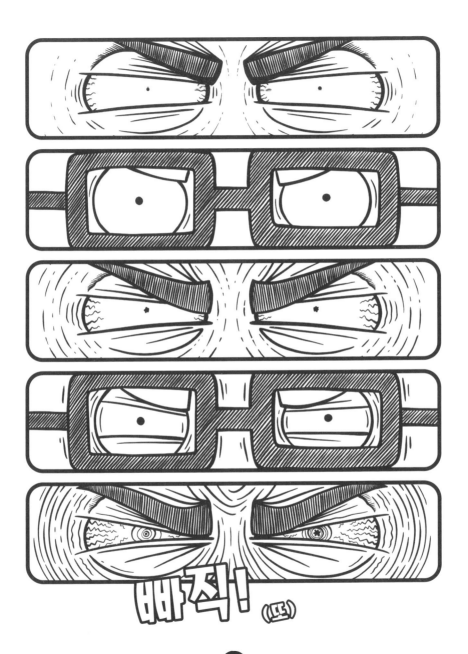

낙하산에 매달려 싸우는 건 생각보다 **훨씬 더** 어려웠어! 둘 다 **온갖 욕**을 다 해 가며 (엄마, 미안!) 상대방에게 한 방 먹이려고 기를 썼어. 하지만, 허공으로 주먹질을 날려 봤자 아무 효과도 없었지.

우리는 아주 **빠르게** 추락하고 있었어. 신경도 안 썼지만 말이야. 공중 **킥복싱**에 너무 열중했거든! 그런데 갑자기…

점수판

저스틴 vs 마빈

0	0

첨벙!

23

바다에 **빠진 거야.** 그때부터는 모든 게 **순식간**이었어.

먼저, 물에 닿을 때 충격으로 의자에서 구명보트가 튀어나왔어.

팡!

낙하산은 저절로 떨어져 나가면서 어둠 속으로 사라졌고,

푸슈슈!

좌석 안전벨트가 풀렸지.

찰칵!

흥, 풀려고 기를 쓸 땐 안 풀리더니!

나는 헤엄쳐서 저절로 부풀어 오른 구명보트로 기어 올라갔어. 보트에는 구명조끼와 구급상자도 있었어.
살았다!

나는 마빈을 찾으려고 바다로 눈을 돌렸어.
녀석의 구명보트는 여전히 **쭈글쭈글,** 조금도
부풀지 않은 상태로 물 위에 떠 있었어.
맛없는 초록색 다이어트를 시작하기 전,
아빠가 즐겨 먹던 달걀프라이 모양이었지.

잘됨

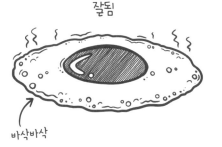

바삭바삭

잘못됨

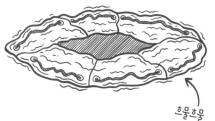

흐물흐물

마빈은 파도가 몰려들 때마다 숨을 **헐떡**거리며 미친 듯이 **허우적**거리고
있었어. 순간 나와 눈길이 마주쳤어.

나… (꿀꺽) 수영… (클럭) 못해!

나는 **할 수 있었어**. 수영은 자신 있거든. 멋진 상장들과 잠시 사라진 트로피 상자가 그 증거였지!

생각해 보고 말고 할 것도 없었어. 나는 곧장 바다로 뛰어들어 마빈을 안고 내 구명보트로 돌아왔어. 여기까지는 **쉬웠어**. 하지만 녀석을 보트 안으로 밀어 넣는 건 또 다른 문제였어.

힘겨운 싸움이었어!

그래도 몇 번 실패한 끝에 겨우겨우 마빈을 구명보트에 태우는 데 성공했어.

아니야, 오해하지 마. 절대 **일부러** 잡아당기지는 않았어. 그럴 수밖에 없었기 때문에 그런 거야. 맹세해. 나도 썩 즐겁지 않았다고!

얼마 뒤, 우리는 둘 다 숨을 몰아쉬며 출렁거리는 구명보트에 누워 있었어. 완전히 **지쳤지**.

긴박했던 구조 작전이 끝나고 드디어 고요가 찾아왔어. 천둥 번개가 잦아들면서 한밤중의 **어둠**이 우리를 에워쌌지. 하나밖에 없는 구명조끼는 마빈이 입고 있었고, 구급상자는 바다로 떠내려간 지 오래였어. 나는 그제야 우리의 상황이 **얼마나 심각한지** 깨달았어!

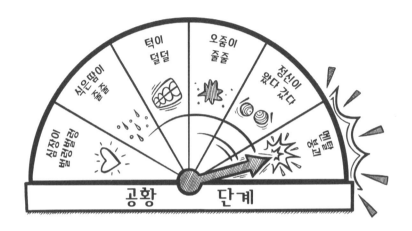

내 정신 줄이 막 **멘탈 붕괴** 단계로 접어들려는 순간, 마빈이 정적을 깨며 속삭였어.

세상에! 녀석한테 이런 말을 듣게 될 줄이야. 하지만 덕분에 멘붕에 빠지지 않고 **제정신**을 유지했지. 뭐라고 해야 할지 몰라 우물쭈물하고 있는데 마빈의 나직한 목소리가 이어졌어.

"괴… 괴롭혀서… 미안해."

감사 **+** 내 진짜 이름 **+** 사과! **=** 충격 그 자체

얘 갑자기 왜 이래? 너무 친절하잖아? 연기하는 것 같지는 않은데… 뭐지? 혹시 어디 다른 별에 떨어졌나? 혹시 여기 **전부 반대로 하는 나라**… 아니, 죄다 반대로 하는 바다인 걸까? 아니면 버뮤다 삼각 지대? 음, 거기가 어디더라….
솔직히 난 이름만 자주 들었지, 아는 건 별로 없었어. 아빠가 또 시작이다 싶으면 한 귀로 흘렸거든. 아빠는 버뮤다 삼각 지대 **광팬**이었어.

마빈을 슬쩍 돌아봤어.
어제까지처럼 **교활하고**
비열한 모습이 아니었어.
그냥 **겁**에 질려 떨고 있는
평범한 아이였지. 나처럼
말이야.

얼마 전   지금

"날 왜 그렇게 **못살게** 굴었어?"

입에서 불쑥 질문이 튀어나왔어. 정말 알고 싶었거든.

마빈이 어깨를 으쓱하며 한숨을 쉬었어.

"교장 선생님 아들로 산다는 게 어떤 건지 알아? 완전 **최악**이야! 툭하면
놀림받고, 괴롭힘당하고. 별의별 별명이 **다** 붙었지."

"그러다가 **표적**을 바꿀 수 있다는 걸 알게 됐어. 이상한 아이, 낯선 아이 쪽으로 관심을 돌리는 거지. 나만 아니면 누구나 괜찮았어. 별로 어렵지도 않았고. 그래서 그때부터 계속 그렇게 한 거야."

글쎄, 그게 과연 정당한 이유일까? 자기가 당하기 싫다고 남을 괴롭혀도 돼? 그래도 **솔직한** 대답 같기는 했어.

"뭐 하나만 더 물어봐도 돼?"

마빈이 고개를 끄덕였어.

"너, 혹시 캥거루 삼 형제 팬티 입었냐?"

마빈이 살짝 얼굴을 붉히며 말했어.

"어, 내 행운의 팬티야!"

"야, 너 지금 나랑, 한밤중에, **물놀이 보트**를 타고, 어딘지도 모를 바다 한가운데 떠 있어! 그런데 행운은 무슨 행운이냐? 그 팬티, 자격 박탈이야!"

우리는 동시에 **웃음**을 터뜨렸어.

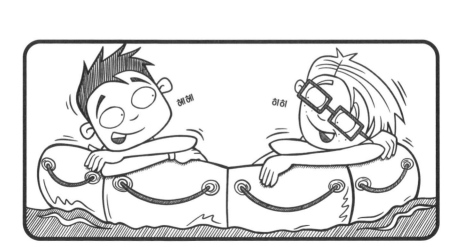

기분이 조금 좋아져서 나는 어느새 **캥거루 삼 형제 주제가**를 흥얼거리고 있었어. 마빈도 천천히 따라 불렀지. 우리의 콧노래는 점차 가사까지 곁들인 **이중창**으로 변했고 급기야는 둘 다 목이 터져라, **소리까지 질러 댔어.**

마지막 후렴구가 끝나는 순간 우리는 또 동시에 키득거리면서 **웃어 버렸어.** 웃겨서 못 참겠더라고.

마빈이 말했어.

"이 노래는 진짜 **명곡 중의 명곡**이야!"

나도 웃으면서 맞장구를 쳤어.

"내 말이! 특히 깡총이는 **최고야!**"

나는 캥거루 삼 형제를 향한 애정을 마음껏 드러냈어.

그런데 마빈의 얼굴에서 웃음이 싹 사라지더니 눈썹이 치켜 올라갔어. 눈빛도 다시 차가워졌지.

"장난해? **당연히** 폴짝이가 최고지."

"깡총이가 **제일** 똑똑하잖아!"

"**제일 멋진 애는 폴짝이야.**"

"깡총이야!"

"폴짝이야!"

"깡총이!"

"폴짝이!"

"**깡총깡총** 깡충깡충!"

"**폴짝폴짝** 풀쩍풀쩍!"

"**깡총이**가 세상에서 **제일 똑똑한** 최고의 캥거루야!"

"**폴짝이**야말로 그런 애보다 **백 배 천 배 만 배**는 최고야!"

우리는 최고의 캥거루가 누구냐를 놓고 다시 치고, 박고, 할퀴며 마구 싸워 댔어.

가여운
콩콩이

…지칠 대로 지쳐 또 벌러덩 드러누울 때까지.

나는 등을 돌린 채 눈을 꼭 감았어. 꼴 보기 싫은 인간 1위 자리를 금방 다시 차지한 녀석을 보지 않으려고.

지금쯤이면 구조대가 우리를 필사적으로 **찾고 있을 거야. 구조되는 건** 시간문제라고. 인내심을 가지고 기다리기만 하면 돼.

어디, 그럼 **행복한 세상**으로 잠시 여행이나 떠나 볼까?

먼저 엄마의 **포근한 품**이 떠올랐어.

내 썰렁한 농담에 ("아빠, **사설**의 반대말이 뭔지 알아? **설사**야, 설사.") 아빠가 배를 출렁이며 웃는 모습도.

뚱뚱 선장이 아직 **귀여웠던** 시절, 꼭 끌어안고 놀 수 있었던 살가운 추억도.

그러다 슬며시 잠이 들어 버린 거야.

오전 6시 30분

다시 아까 이 장면으로…

"상 어 떼!"

(긴장감을 고조시키는
죠스 음악)

35

알고 보니…

"돌고래들!"

마음이 확 놓였어. 얘네들이 진짜 상어였어 봐. 자연 다큐 **〈바다의 학살자 식인 상어〉**에서 피투성이 장면의 주인공이 나였을 거 아니야. 휴, 얼마나 다행인지!

음성 해설 (부드럽고 담백하게 속삭이듯):

"바로 그 순간, 자연의 살인 병기 상어가 이 불운한 인간을 꿀떡 삼켜 버립니다. 무한 리필 뷔페에서 치킨너겟 삼키듯이요. 남의 영역에 무단 침입한 대가를 목숨으로 치른 거지요."

아빠가 읽은 음모론*에 따르면 돌고래들이 해양의 지배자가 되려고 한댔는데? 하지만 웬걸, 돌고래들은 아주 **착해 보였어.** 보트 주위를 바르게 돌아다니며 물속으로 사라졌다가 곧 커다란 반원을 그리면서 공중으로 신나게 **뛰어오르곤** 했지. 이윽고 돌고래들은 무슨 꿍꿍이가 있는지 보트 양옆에 한 줄로 늘어섰어. 그런 다음 몸을 바짝 갖다 대더니 우리를 데리고 느닷없이 바다로 질주했지. 돌고래들은 달리는 동안에도 계속 자기들끼리 **끼익끼익** 대화를 주고받았어.

*자세한 건 『내 인생 최악의 일주일 1. 월요일』 37쪽 참조

말 타는 거? 나한테는 이제 시시해!

우리는 **돌고래**를 타고 달렸다고!

짜릿한 속도, 바람에 나부끼는 머리카락, 뺨을 간질이는 물보라. 정말 **신났지!** 나는 마구 소리를 질렀어!

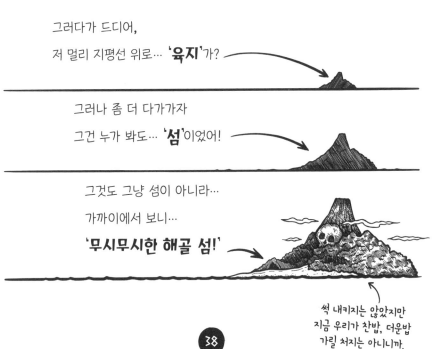

그러다가 드디어,

저 멀리 지평선 위로… **'육지'**가?

그러나 좀 더 다가가자

그건 누가 봐도… **'섬'**이었어!

그것도 그냥 섬이 아니라…

가까이에서 보니…

'무시무시한 해골 섬!'

썩 내키지는 않았지만
지금 우리가 찬밥, 더운밥
가릴 처지는 아니니까.

해안으로 다가갈수록 **파도가** 일면서 물결이 **거칠어졌어**. 돌고래들도 더는 안 되겠는지 우리를 **버리고** 지느러미를 흔들며 작별 인사를 했지.

끼익!*

끼익!**

끼익!***

* 이제 너희끼리 알아서 해, 이 멍청이들아!
** 곧 되돌아와서 너희 종족을 멸망시켜 주마.
*** 농담이야! 안녕.

거친 물살에 보트가 마구 **넘실댔어**. 파도가 우리를 해안 쪽으로 점점 떠밀었지. 그러다가 마침내…

쏴아아악!

…**괴물** 같은 파도가 덮치는 순간, 나는 그만 보트에서 **떨어졌어**. 거품이 흘러넘치는 맹렬한 **소용돌이** 속으로 빠져들고 만 거야.

어디가 위지? 어디가 아래인 거야? 나는 수레바퀴 돌 듯 **정신없이 돌고** 있었어. 꼭 예전에 세탁기에서 **돌아가던** 뚱뚱 선장 같았지. 빨래 바구니에서 자고 있었는데 몰랐던 거야. 느닷없이 세탁기에 탑승하게 된 걸 별로 **안 좋아하는** 눈치였는데. 이제야 나도 **녀석의 기분**을 알 것 같았어!

탈수

낮잠 중

축축해진 고양이

마침내 나는 **기침을 켁켁** 해 대며 해변으로 쓸려 올라갔어. 마빈 옆으로. 녀석은 나보다 훨씬 더 편하게 도착한 것 같았어.

그러거나 말거나, 땅 위로 다시 올라왔다는 사실만으로 마음이 놓였어. 마빈의 **빈정거림?** 알 바 아니었지. 나는 먼저 해초와 불가사리 들부터 얼추 떼어 내고, 우리 말고 생명체가 있는지 찾아 나섰어.

우리가 있는 곳은 손가락처럼 바다로 삐죽 튀어나온 모래곶이었어. 아주 **황량**했어.

간밤의 폭풍 때문에 해변에는 비행기 탈출 좌석이랑 **온갖 잔해**가 떠밀려 와 있었어. 그쪽으로 걸어가다가 그제야 신발하고 양말이 **모래투성이**란 사실을 깨달았어. 발가락 사이도 **까끌까끌**한 게 장난이 아니었지. 그래서 먼저 신발과 양말을 벗어 모래부터 주르르 쏟아 버렸어.

하지만 바지 속도 마찬가지였어.
한 걸음 뗄 때마다 다리에 사포를 감은
것처럼 모래가 **비벼 대더라니까.**
　다리를 들고 바짓가랑이로 모래를 빼내
보려고 했지만, 좀 **느 려 야 지!**

모래시계 모래처럼
한 톨, 한 톨.

42

다행히 주위에는 아무도
없었어.(물론 마빈은 있었지.
하지만 녀석이야 뭐!) 그래서 얼른
바지를 벗어서 **흔들었어**. 그런데
팬티에도 모래가 꽉 차 있었어!
꼭 **모래 포대**를 입은 것 같더라고.
커다란 모래성이라도 들어가 있는
것처럼 말이야. 영 민망한 모양인
게, 해서는 안 될 걸 한 애처럼
보였어!

"너 또 바지에다 실례했냐,
뿌직이?"

마빈의 웃음소리가 들렸어.

어젯밤 뗏목에서 마음 통하던

절대 아니야,
맹세해!

그 마빈은 사라진 지 오래였어. 대신 비열하고 **재수 없는** 마빈이 돌아와 있었지.

그럼 난 이만…

잘 있었냐?

나는 무시하고 내 문제를 해결하는 데만 집중했어. 그런데 모래는 정말 **안** 들어간 곳이 없었어!

이래서는 70년 뒤에도 몸에서 **계속** 모래가 나올 것 같았어!

물가에 쭈그리고 앉아 끝없이 쏟아져 나오는 모래를 털어 내고 있는데, **갑자기** 뭔가 움직이는 게 보였어.

해안선을 따라 게들이 아주 많이 흩어져 있었거든. 그중 한 마리가 다리를 쏙쏙 내밀더니 나를 향해 **종종걸음**으로 다가오는 거야.

끄아아아아아아악!

아니, 그건 작고 귀여운 게가 **아니라**, 집게가 **아주** 강하고 날카로운, 한마디로 말해서 성질 더러운 게였어! 녀석의 집게발이 내 집게손가락을 **꼬집는데** 고문이 따로 없었지.

나는 **미친 듯이** 손을 흔들어 게를 **날려 버렸어.**(아빠가 구닥다리 팝송 '아무렇지 않은 척 손을 흔들어'를 틀어 놓고 춤출 때랑 비슷해 보였을 거야.)

다른 점을 찾아보세요!

형제들, 원수를 갚아 줘!

유일하게 봐 줄 만한 셔츠

의문의 얼룩

아야야야!

게들이 죄다 눈을 뜨더니 **우르르** 달려와 순식간에 나를 에워쌌어. **복수극**을 벌이려는 게 분명했어. 나 혼자서는 상대가 안 됐다고. 으아악!

딱   딱   딱   딱   딱

아빠의 춤 목록에 '게 공격 춤'도 써넣으라고 해야 할 것 같아. 봐, 엄청 흥겨워 보이지?

마지막 게까지 간신히 다 털어 버린 뒤 돌아봤더니 마빈이 **태블릿**을 들고 서 있었어. 뭐야, 지금 나와 게들이 **싸우는** 장면을 찍은 거야?

내가 소리를 질렀어.

"야, 너 **그거** 어디서 났어?!"

"좀 전에 내 비행기 좌석 주머니에서 찾은 거야. 방수 케이스 씌워 놓길 잘했어. 목욕하면서 동영상 편집하는 게 취미라서 말이야."

"그건 그렇고 너 그 '게 춤' 한 번만 더 해 볼래? 처음을 못 찍었거든. 자, 간다… **액션!**"

나는 소리를 버럭 질렀어.

"그딴 거 그만하고 **도와 달라고** 연락이나 해!"

"**당연히** 했지. 그런데 여기선 신호가 안 잡혀. 그러니 빈둥빈둥 놀면 뭐 해? **콘텐츠**라도 좀 찍어 놓는 게 낫지. 그럼 나중에 내 채널에 올릴 수 있잖아." 마빈은 태평했어.

"**뿌직이**가 이제 **게맛살**로 새롭게 태어나는 거야. 이걸 올리면 조회 수가 폭발할걸!"

나는 고함을 지르고 말았어.

"야, 넌 머릿속에 조회 수 말고는 없냐?!"

"진정해, 게맛살! 팩트는 인정해야지…"

마빈 킹과 알아보는 팩트 체크

1. 지금쯤 전 인류가 우리를 찾고 있을 것이다.

2. 따라서 우리는 곧 구조될 것이다.

3. 나는 오로지 뿌직이를 구하겠다는 일념으로 비행기에서 과감하게 탈출했기 때문에 영웅 대접을 받게 될 것이다.

4. 나의 놀라운 용기와 꺾일 줄 모르는 생존력은 세상 사람들의 영감이 될 것이다.

5. 덕분에 나는 세계적으로 유명해진다.

계속…

6. 우리 엄마는 네 아빠를 사랑하지 않는다는 사실을 깨닫고, 공개적으로 차 버린다. 그럼 나도 내 인기 채널에 올린 동영상 빼고는 널 두 번 다시 안 봐도 된다.

7. 굿즈를 팔기 시작한다. **다양한** 굿즈를!

50달러 이상 구매 시
무료 배송

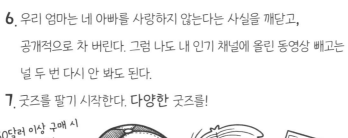

영웅

마빈의 얼굴에 **의기양양한 미소**가 번졌어.

"자자, 그러니까 어서 게 그거 좀 다시 해 봐."

나는 너무 열받아서 녀석을 향해 젖은 모래 **덩어리**를 힘껏 던졌어.

슈우우우우웅!

물론, **완전히** 빗나갔지.

"흥. 싫은 모양인데. 그래, 관둬. 다 필요 없어."

마빈이 콧방귀를 뀌더니 카메라를 셀카 모드로 돌려서 자기를 찍기 시작했어…

마음씨 고운 마빈의
무인도 브이로그 1

자막:
안녕하세요, 여러분? **마음씨 고운
마빈** 채널의 마빈입니다. 먼저
'좋아요' 한번 꾸욱 눌러 주시고
'구독'도 부탁드릴게요. 소중한
구독자 여러분, 저 때문에 걱정
많이 하셨죠? 이제 괜찮아요.
보세요, 저 이렇게 살아
있잖아요. 물론 아슬아슬했죠.
하지만 뿌직이 덕분에 살아남은
건 아니에요.

이거 치우지
못해!!

정신 나간 하늘과 미쳐 날뛰는
바다에서 우리가 살아남을 수
있었던 건 오직 하나. 제 용기
덕분이었어요. 지금 우리는 어느
무인도에 갇힌 것 같아요. 문명의
'문' 자도 찾아볼 수 없는 곳이에요.

절 **영웅**이라고 생각하시는
분들도 계실 거예요. 네, 저도
부정하지는 않겠어요…

으으, 오글거려. 녀석의 수다는 더 이상 들어 줄 수가 없었어. 할 수 없지, 내가 자리를 떠야지. 똥도 무서워서 피하는 건 아니니까. 구조대가 빨리 와 줘야 할 텐데… 그렇다고 무작정 기다리기도 싫었어. 나도 **뭔가**를 하고 싶었지. 그때 내가 아주 좋아하는 리얼리티 프로그램이 생각났어. 나는 기억을 쥐어짰지. 울프 아저씨가 어떻게 했더라? 거기서 <무인도 편>도 해 준 적이 있잖아.

엄마와 나는 그 프로의 **열혈 팬**이었어! 내용은 대충 이래. **울프 그런츠** 아저씨는 퇴역 군인이자 극지 모험가야. 상남자 중의 상남자지. 아저씨는 매주 방송국에서 데려다주는 **악몽 같은 세계**로 낙하산을 타고 뛰어내려. 거기서 오로지 자신의 기지와 기술만으로 **빠져나와야** 하는 거야.

울프 그런츠 아저씨라면 지금 이 상황에서 뭘 했을까?

먼저 자기 **오줌**을 마셨을 거야. 그 아저씬 늘 자기 오줌을 마시니까. 아무래도 오줌 중독 같아. 없어서 못 마신다니까.

아니, 난 아직 **내 오줌을 마셔야 할 정도**는 아니야. 그러니까 그보다 덜 **극단적인** 방법 없을까? 다들 하는 것처럼 구조 신호를 보내면 어떨까?

나는 해변에 커다랗게 **S.O.S**를 쓰기로 했어. 구조대가 하늘에서도 쉽게 볼 수 있도록 말이야. **S.O.S**가 무슨 뜻이더라? 살려 주세요? 사람 살려? 분명히 들은 적 있는 거 같은데 가물가물했어. 그래서 돌이랑 조개껍데기로 글씨를 쓰는 동안 되는대로 떠올려 봤어···.

마빈은 어느새 비상 탈출 의자를 끌고 와 내 작업을 지켜보며 앉아 있었어.

거만한 왕처럼 비스듬히 앉아서는 죽어라 잔소리만 늘어놓았지.

현실   녀석의 상상

"저기 **S**가 여기 이 **S**보다 더 크게 됐잖아!" 마빈이 말했어.

"**도와주기나** 해!" 속이 부글부글 끓었어.

"물론 **도와줄 수는 있지.** 하지만 **안 할래.** 육체노동은 나랑 잘 안 맞아서 말이야. 난 예술가 타입이야. 아이디어와 창의력이 차고 넘치거든."

"뭐 **다른 게** 차고 넘치겠지!"

"왜 그렇게 **예민해?** 노래라도 하나 불러 줘? 이 분위기에 아주 딱 맞는 노래 하나가 생각났거든."

마빈은 말이 끝나기가 무섭게 저스틴 체이스의 히트 곡 '**S.O.S.**'를, 심지어 춤까지 곁들여 부르기 시작했어. 록 발라드와 해적 랩이 절묘한 조화를 이루는 노래였지.

저스틴 체이스의 S.O.S.

넌 내 마음을 난파시켰어,
이름 모를 고통의 섬에.
넌 내 마음을 묻어 버렸어.
이제 난 어쩌면 좋아?

S.O.S.!
고백할게.
난 혼란에 빠졌어.
정말 미안해, 쪼~오~쪼리.

(해적 랩 파트)
헤이, 헤이, 친구들.
저기야. 저기.
지도 속 X에 있어, 보물이 있어.
난 널 사랑해, 사랑해,
정말 사랑해.
북북동, 북북동, 남남서, 남남서.
찾아봐, 찾아봐,
사랑의 열쇠를.
내 마음의 보물 상자에서
열쇠를 찾아봐.
S.O.S. S.O.S. S.O.S.

휴, 얘가 차라리 음치면 좋으련만. 그나저나 기껏 만들어 놨더니 얜 왜 하필 내
S.O.S. 한가운데 드러누워 **팔다리를 휘젓는** 거야?

"야, 비키지 못해? 내 작품을 **망가뜨리고** 있잖아!"

"정말 미안해. 쏘~오~쏘리!"

마빈은 빈정거리며 노래만 계속 불렀어.

겨우 마빈을 쫓아 버렸는데 녀석이 파헤쳐 놓은 모래 속에서 무언가
'**반짝**'했어. 유리병 주둥이였어.

모래 속에서 병을 파냈어.
너덜너덜한 종이가 돌돌 말린 채
들어 있었지. 유리병 편지?! 내가
진짜 유리병 편지를 찾아낸 거야!
하지만 미처 열어 보기도 전에
마빈이 병을 확 빼앗아 갔어.

"내가 찾았으니까 **내 거야!**"

마빈이 억지를 쓰면서 병뚜껑을
퐁 열더니 두루마리 편지를 펼쳤어.
녀석의 눈이 편지를 읽어 내려가는 동안 점점 더 **휘둥그레졌어.**

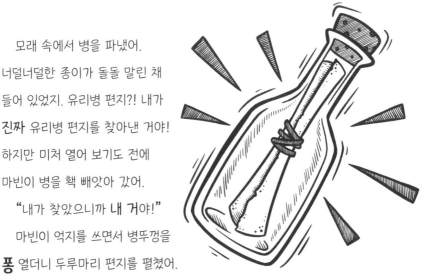

"나도 보여 줘! 대체 뭐라고 쓰여 있는데 그래?"

내가 그렇게 사정사정해도 마빈은 편지를 안 보여 주려고 했어.

"뭘 봐? 내가 읽어 주면 되지."

마빈은 과장스레 목을 가다듬은 뒤 편지를 읽어 내려가기 시작했어…

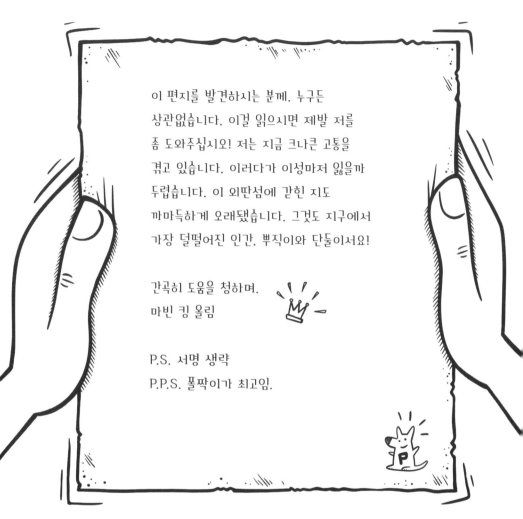

이 편지를 발견하시는 분께. 누구든 상관없습니다. 이걸 읽으시면 제발 저를 좀 도와주십시오! 저는 지금 크나큰 고통을 겪고 있습니다. 이러다가 이성마저 잃을까 두렵습니다. 이 외딴섬에 갇힌 지도 까마득하게 오래됐습니다. 그것도 지구에서 가장 덜떨어진 인간, 뿌직이와 단둘이서요!

간곡히 도움을 청하며.
마빈 킹 올림

P.S. 서명 생략
P.P.S. 폴짝이가 최고임.

마빈이 히죽 웃었어. 나는 녀석의 손에서 편지를 낚아챘어. 글 같은 건 써 있지도 않았어. 편지가 아니라 이 섬의 지도였거든. 그런데 아무래도 **보물 지도** 같았어.(최소한 보물 지도 반쪽은 되어 보였어.)

"우린 지금 여기에 있는 것 같아."

나는 손가락으로 **황금 해변**을 톡톡 두드렸어.

"여기 있었어야 하는 건데!"

마빈이 **보물 동굴**을 가리키더니 내 손에서 다시 지도를 빼앗아 갔어.

"난 이제 보물 찾으러 갈래. 인기도 많고, 돈도 많은 사람이 되고 싶거든! 게맛살 넌 어때? 같이 갈래, 아니면 여기서 모래성이나 쌓을래?"

지도 속 X로 가려면 **피바다만**을 지나든지 **죽음의 정글**을 통과하는 수밖에 없었어. **둘 다** 썩 내키지 않는 이름들이었지.

"그러지 말고 여기서 그냥 안전하게 구조대를 기다리는 게 좋을 것 같아."

마빈이 한숨을 쉬었어.

"야, 넌 왜 그렇게 따분하냐? 이 섬은 **아주 작아**. 봐, 저기 동굴이 보이잖아! 숲을 따라 기분 좋게 걸어가서 보물만 잽싸게 꺼낸 다음, 돌아와서 구조대를 기다리면 되는 거야."

나는 정글을 바라봤어. 심하게 **정글다워** 보였지! 저 안에 **숨어 살** 온갖 것들을 생각하니 온몸이 저절로 부르르 떨렸어.

"됐어, 이 겁쟁아! 그럼 **나 혼자** 다 가질게."

마빈은 자기 물건을 챙기고는 해안선을 따라 정글 쪽으로 걸어갔어.

59

이제 혼자였어. **어디인지도 모르는** 오싹하고 황량한 해변에서 덜렁 **혼자**가 된 거야. 게들 몇 마리만 빼고.

저기 저 갈매기랑.

이 갈매기도.

그리고 이 갈매기.

이 갈매기들도.

갈매기들이 굉장한 기세로 늘어나고 있었어!

나를 뚫어져라 **쳐다보는** 동그란 눈들 때문에 어린 시절의 갈매기 트라우마가 되살아났어.

나는 녀석들의 인간 감자튀김이 되기 전에 마빈을 쫓아 달리기 시작했어.

죽음의 정글로, "**기다려, 같이 가!**"라고 외치면서 말이야.

오전 8시 22분

이제 막 빽빽한 덤불 속으로 몇 걸음 들어갔을 뿐인데 이건 확실히 아니다 싶었어. 좋은 생각일 리가 없었어. 아니, 잘못된 생각이었지. **잘못된 생각**이라면 내가 좀 **알거든!**

마빈은 **구불구불한** 길을 따라 정글 속으로 점점 더 깊숙이 들어갔어. 나는 뒤에서 걷고 있었어. 녀석한테 너무 들러붙기는 싫었지만, 너무 멀리 떨어지는 것도 싫었어. 정글 이름이 **'죽음'**인데 사람이라고는 마빈밖에 없었으니까!

키 큰 나무들이 햇빛을 가렸어. 안으로 깊이 들어갈수록 **점점 더 어두워지면서** 오싹한 소리가 들리기 시작했어. 나뭇잎들 사이로 **심하다** 싶을 정도로

슈슈슉 그리고 **바스락**

소리가 자주 났거든. 내 상상력에도 **불이 붙었지.**

나뭇가지를 휘감은 덩굴들은 점점 **뱀**이 되어 갔어.

실제 모습   내 눈에 비친 모습

이건 다 **울프 그런츠** 아저씨 탓이야. <생존 VS 죽음 – 뱀 특집> 에서 본 장면들이 머릿속에서 지워지질 않았거든.

그러고 나서 이 어마어마한 비단뱀은 먹이를 통째로 삼켜 버립니다!

진심이야. 난 무슨 일이 있어도 누군가의 아침 식사가 되고 싶지는 않았다고!

끼억

"여, 여기 뱀이 살까?"

내가 목소리를 죽여 가며 마빈에게 물었어. "이런 데 무슨 뱀이 살아?"라는 대답을 기대했지.

하지만 마빈은 **"당연하지.** 여기저기 엄청 많을걸. 내가 장담한다, 뿌직아." 라고 대답했어.

덕분에 나는 뱀 그림자라도 나타날까 신경이 온통 곤두섰어. 다리에 덤불 하나만 스쳐도 기겁을 하며 뛰어올라야 했지! 정글을 탐험하는 내내 말이야.

오전 8시 35분

내가 **벌레** 얘기도 했던가? 정글 안은 소름 끼치는 벌레들 천지였어. 어디를 보나 뭔가가 **슬금슬금 기어다녔지.** 나무, 나뭇잎, 덩굴 가릴 것 없이 말이야.

날벌레도 있었어. 애애앵, 위이이이잉, 이리 날고 저리 맴돌고 정신이 하나도 없더라고. **윙윙거리는 소리**가 너무 많이 들렸어. 바로 어제 벌에 쏘였던 터라 곤충이라면 아주 지긋지긋했어.

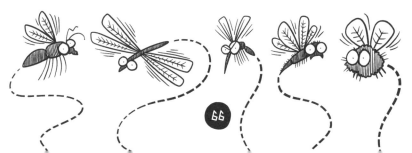

66

그런데 문제는, 녀석들이 날 **아직도** 좋아하더라고. 어찌나들 달려들던지.
온몸에 기어오르고, 물고, 쏘아 댔어.

다시 **울프
아저씨** 생각이
났어!

난 왜 이런 것만
기억하고 내 아이디랑
비밀번호는 기억
못 하는 걸까?

모기는
세계에서 가장
치명적인 생물로 자기
몸무게의 세 배에 달하는
피를 마실 수
있습니다!

벌레들의 **총공격**이 시작됐어.
나는 녀석들을 **쫓고, 때려잡고,**
물리지 않으려고 진짜 최선을
다했어. 껑충껑충 다리를
번갈아들면서 내 몸 여기저기를
계속 **때렸는데…** 아빠의 막춤도
이거보다는 우아했을 거야.

찰싹!
찰싹!
찰싹!
찰싹!

"이야, 이거 완전 대박 콘텐츠인데,
벌레 소년!"

마빈이 킬킬거렸어.

벌레들과 **싸우던 걸** 멈추고 잠시
눈을 돌렸어. 마빈이 또 태블릿을 들고
날 찍고 있었지. 녀석은 엄지를 척 들어
올리며 능글능글 웃기까지 했어. 그런데
갑자기 표정이 굳더니 심각한 목소리로
말했어.

"움직이지 마! 절대 움직이면 안 돼!"

그 소리에 온몸이 얼어붙었어.

"가만히 있어, 지금… 네 머리 위에 **뱀**이 있어!"

침이 꼴깍 넘어갔어. **느껴졌거든!** 내 머리 위에서
꿈틀거리는 그거 말이야. 가만히 있으려고 했지만, 나도
모르게 소리부터 지르고 말았어.

"아악,
저리 가!"

나는 엉겁결에 뱀을 잡아 허둥지둥
바닥에 **내동댕이쳤어**. 에, 뭐야?
뱀이 **아니잖아**.

마빈은 웃느라 정신이 없었어.

"아아, 미안. 내가 실수했나 봐. 그냥
덩굴이네."

혈관을 타고 아드레날린이 솟구쳤어. 심장이 **벌렁거리고**, 피가 끓어올랐지.

화가 치밀었어!

마빈에게 힘껏 눈으로 **레이저 광선**을
쏘면서 노려보고 있는데 녀석의 머리 위로
뭔가가 내려오는 게 보였어.

"조심해, 네 머리 위에 **거미** 있어!"

"됐어, 덩굴 소년. 넌 왜 그렇게
한심하냐! 뭐 좀 새로운 걸 생각해 내야지,
그렇게 바로 따라 하면 내가 믿냐?"

하지만 마빈의 얼굴에서 핏기가 사라지는
게 보였어. 거미가 이마를 타고 코까지
주르르 내려오고 있었거든.

"아악, 저리 가!"

그러거나 말거나, 나는 눈앞에서 녀석이 **벌 받는 꼴**을 조용히 감상했어. 거미를 **때려잡겠다**며 마빈이 계속 제 얼굴을 **때리고** 있었거든. 그것도 태블릿으로. 이것도 마음씨 고운 마빈 채널에 올라오려나? 그럼 난 **무조건** '좋아요'와 '구독'을 누를 거야!

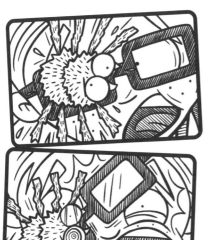

오전 9시 16분

길을 잃었나?

오전 10시 3분

잃은 것 같은데?

오전 10시 47분

잃었어.

오전 11시 13분

우리는 죽음의 정글에서 계속 맴돌고 있었어. **태어나서부터** 계속 그러고 있는 느낌이었어. 우린 지금 어떻게 걷고 있을까? 원 모양? 나선형? 아니면 이등변 삼각형?

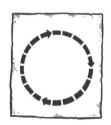  

알 수 없었지! 이제 지도 같은 건 **아무 소용도 없었어.** 그런데도 마빈은 여전히 전설 속 보물을 향해 제대로 가고 있다고 믿었어. 도무지 입을 다물질 않았지.

"이 언덕만 넘으면 돼. 여기 이 커브만 돌면 돼. 저기 저 나무들 바로 뒤야."

녀석의 **자신감** 때문에 어찌나 **짜증**이 나던지.

게다가 얜 또 왜 이렇게 말쑥한 거지? 패션 카탈로그에서 갓 튀어나온 모델 같았어. 얼룩과 **진흙**과 먼지로 한껏 뒤덮인 나는 뭐냐고. 옷은 **너덜너덜**, 벌레에 물린 피부는 **불긋불긋**. 이렇게 이럴 수가 있지?

두 사람을 비교해 보세요.

여전히
새하얀 운동화!
불공평해!

게다가 난 **지칠 대로 지쳐** 있었어. 다리도 **아프고,** 무엇보다도 숨이 차서 걷기가 힘들었어. 엄마가 알았으면 "맨날 비디오 게임만 하니까 그렇지!"라고 또 한 소리 했을 거야.(이건 엄마가 늘 입에 달고 사는 말이야.)

아무리 정글이라도 지금보다 **더 나빠질 수는 없을** 거라고 생각한 순간...

<u>으아아아아아아아흐흐흐흑!</u>

소름이 오싹 끼치는 새된 비명이 나무들 사이로 울려 퍼졌어. 머리털이 **쭈뼛**

서면서 무릎이 **덜덜** 떨리고 이가 **딱딱** 부딪쳤지.

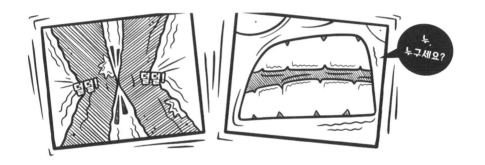

좀 전의 그 <u>으스스</u>한 목소리가 이번에는 이렇게 말했어.

"황금을 찾아? 부자가 되고
싶어? 멍청하구나... 도망쳐라,
도망쳐라!"

마빈과 나는 꽥 **비명을 지르며** 내달리기 시작했어. 우리한테 말을 건 게 누구, 아니 **뭐가 됐든** 간에 무조건 멀리 도망치는 게 좋을 것 같았어.

마빈이 앞에서 달리면서 **밀어낸** 나뭇가지가 자꾸 얼굴을 때렸어.

수수께끼 같은 목소리에 **쫓기다가** 작은 빈터에 도착한 순간, 우리는 급하게 **멈춰야 했어**. 숨도 너무 가빴지만, 길이 갑자기 **사라지고 없었거든**. 우리 발은 천 길 낭떠러지에 아슬아슬하게 걸쳐 있었어. 그 아래로는 소름 끼치게 **가파른 협곡**이 까마득히 내려다보였지.

우리가 할 수 있는 건 딱 두 가지였어.

선택 1: 되돌아가기

장점

· 아직 창창한
  나이에
  추락사하지
  않아도 된다.

단점

· 방향이 우리가
  도망친 그 으스스하고
  오싹하고 무서운
  목소리 쪽이다.

선택 2: 집라인

장점

· 협곡도 건너고,
  으스스하고
  오싹하고 무서운
  목소리와도 더
  멀리 떨어질 수
  있다.

단점

· 안전하지 않아
  보인다.
· 어마어마하게 길다.
· 창창한 나이에
  추락사할 수 있다.

76

둘 다 별로 매력적이지는 않았어.
하지만

"도망쳐라,
도망쳐라!"

울부짖는 목소리가 더 가까워졌다는
사실을 깨닫는 순간, 바로 결정했어.
"가자!"
마빈과 나는 집라인 손잡이를 잡고
허공으로 힘껏 **뛰어내렸어**. 우리는
중력을 타고 협곡 위를 **빠르게**
날아갔어.

정체불명의 빛이

번 쩍!

하는가 싶더니 눈 깜짝할 사이 반대편에 도착했어. 하지만 거기가 끝이 아니었어! 집라인이 빽빽한 정글 속으로 계속 이어져 있었거든. 우리도 질질 끌려 들어갔어. 걷잡을 수 없는 속도로. 그러다가…

나무와   덤불과   덩굴을

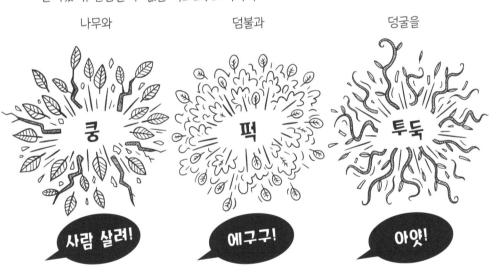

…통과해, 마침내 부드럽고 푹신한 정글 바닥에 내려앉았어. 나는 입에 잔뜩 문 나뭇잎을 **퉤퉤** 뱉으며 얼굴에 **들러붙은** 벌레들부터 떼어 냈어.

그런데 마빈은 이번에도 아주 멀쩡했어!

어쨌든 우리는 공포의 집라인에서도 살아남았고, **유령도 피한 거…?**

오전 11시 57분

그럴 리 없지.

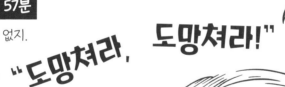

또 그 목소리였어. 이번에는 아주 **가까이**에서 들렸어. 그림자가 드리워졌어. 고개를 젖혀 하늘을 보니 **정체 모를 뭔가**가 빙빙 원을 그리면서 **가까워지다가…**

…마빈의 어깨에 내려와 앉았어.

"도망쳐라! 도망쳐라! 예쁜 아이다! 예쁘다!"

지금까지 줄곧 쫓아오며 우리를 실컷 **겁준** 주인공은 바로 이 말하는 **앵무새**였던 거야. 녀석은 마빈을 아주 좋아하는 눈치였어.

감정은 **주고받는 거**라고 하던가? 마빈도 앵무새가 좋은지 상냥하게 웃으며 계속 머리를 쓰다듬었어. 아기를 다루듯 "예쁘다, 예뻐."를 연발하면서 말이야.

나도 앵무새를 만져 보고 싶었지만, 애꿎은 손가락만 물리고 말았지!

아야야앗!

"잘했어. 이 녀석, **진짜** 마음에 든다. 이제부터 얘 이름은 **콕콕이**야!"

마빈의 얼굴이 빛났어.

우리는 여전히 정글 속을 헤매고 있었어. 점심시간이 **한참** 지났건만, 점심은커녕 어제 저녁부터 먹은 거라고는 없었어. 배가 고팠어. 그것도 아주 **지독하게.** 콕콕이조차 **맛있어** 보이더라니까!

아아아아, 내 치킨!

게다가 얼마나 걷고, 소리 지르고, 달리고, 또 소리를 질렀던지. 목도 **바짝바짝** 타들어 갔어. 물이 **너무** 마시고 싶었어.

비상 상황에서는 자신의…

고, 고맙습니다, 울프 아저씨. 아직 그 정도는 아니에요.

마빈조차 "뭘 좀 먹어야겠어. 목도 축여야 할 것 같고."라고 말하는 걸 보니 나랑 처지가 비슷한 것 같았어.

"저녁은 뭘 먹지?" 콕콕이가 쓸데없이 끼어들었어.

그러다가 우리는 드디어 정글의 공터에 다다랐어. **반짝이는** 연못으로 작은
폭포가 떨어지고, 그 주위에는 무성한 식물과 아름다운 꽃 들이 자라고 있었어.
엽서에서나 보던 아주 완벽한 **오아시스**였지. 지금 상황만 안 이랬어도 소풍하기
적당한 곳을 찾았다고 좋아했을 거야.

"난 물을 찾을 테니, 넌 먹을 걸 찾아봐."

마빈의 말에 나는 **기가 막혔어.** 물이야 할머니도 안경 없이 바로 찾아낼
테니까. 봐, 바로 **저 앞에** 있잖아! 하지만 너무 지쳐서 싸울 기운조차 없었어.

"그래, 그럼 마음대로 해!"

나는 퉁명스럽게 대답했어.

여기 어디 **먹을 게** 있긴 있을 텐데. 또 울프 아저씨가 떠올랐어. 그 아저씨야 어딜 가든 살아남을 수 있지만, 난 그게 말처럼 간단하지 않다는 걸 알았어.

나무 위를 쳐다봤어. 혹시나 해서 말이야. 그런데 정말로 **코코넛 열매**가 나무 꼭대기에 주렁주렁 매달려 있지 뭐야. 나는 **알레르기** 때문에 못 먹는 견과류가 많았어.(그래서 알레르기 경고 팔찌를 차고 다니는 거야.) 하지만 코코넛은 괜찮았지.

혹시 열매가 떨어질까 싶어 먼저 날씬한 나무를 골라 **흔들어 봤어.** 꿈쩍도 안 했어. 하지만 그 바람에 나뭇잎들 사이에서 자고 있던 **원숭이**가 깬 것 같았어. 녀석은 **화가 나** 있었어!

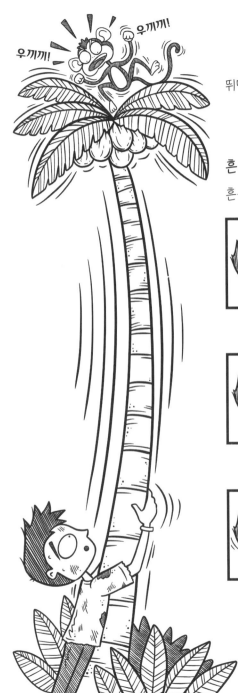

원숭이가 **떼쓰는** 어린애처럼 펄쩍펄쩍 뛰면서 **소리를 질러 댔어**.

나는 친해지고 싶다는 걸 보여 주려고 손을 **흔들었어**. 원숭이도 흥분을 가라앉히며 손을 흔들었어.

내가 씩 웃자 원숭이도 씩 웃고,

내가 혀를 내밀자 원숭이도 혀를 내밀었지.

나는 옳지 싶어 이번에는 코코넛
던지는 **흉내**를 냈어. 원숭이가 정말로
하나를 던져 주길 바라면서 말이야.
마임 아티스트로 성공해서 순회공연을
다닐 정도까지는 아니었지만 썩 잘한
것 같았어.

원숭이가 우끼끼, 우끼끼 소리를
지르며 나뭇잎 사이에서 소란을 피우더니 마침내 나를 향해 뭔가를 **던졌어**. 나를
살짝 비껴갔는데 확실히 코코넛 열매는 아니었어.

원숭이가 던진 무언가가 내 발 바로
옆에 **철퍽** 떨어졌어.

어, 나무 꼭대기에서 어떻게 **진흙
덩어리**를 찾아냈지? 내가 신기해하고
있는 동안 **냄새**가 서서히 콧속으로
파고들었어. **진흙 덩어리가
아니었던 거야!** 원숭이는 다시 나를
조준하고 던질 준비를 했어.

85

장면 삭제

자, 지나가겠습니다.
이러는 편이 좋으실걸요!

잠시 귀여운 아기 염소들의 모습을 감상하시겠습니다···.

갑작스러운 내용 중단으로 인하여 독자 여러분께 불편을 끼쳐 드린 점
진심으로 사과 말씀드립니다. 이제 다시 예정된 이야기를 재개하겠습니다···.

나는 흐르는 물에 몸을 아주 싹싹 씻었어. 그렇게까지 했는데도 몸에서는 **여전히** 원숭이 똥 냄새가 났지.

그나마 그 **난리** 덕에 싱싱한 **코코넛 열매** 하나가 떨어졌다는 게 위로가 됐어!

인제 이걸 **깨기만** 하면 되는데.

상상 속   현실

속이 점점 **부글부글** 끓어올랐어! 마빈은 연못가에 느긋하게 누워 **실패**를 거듭하고 있는 나를 또 찍고 있었어. 나는 소리를 질렀어.

"좀 도와주면 어디가 덧나냐?"

"무슨 소리야, 코코넛 소년, 먹을 건 네가 책임지기로 했잖아? 마실 건 준비된 지 오래야."

마빈이 굉장한 업적이라도 세운 듯 물을 가리켰어. 연못에서는 물고기가 놀고 있었지. 잠깐! 물고기? 하, 코코넛 따위는 잊어버려. **생선**이 있잖아!

오후 1시 3분

나는 바지를 걷어붙이고 물속으로 들어갔어. 딱 울프 아저씨 스타일이었지. 두고 봐, **번개 같은 순발력을 써서** 맨손으로 점심 식사를 **잡고야** 말 테니까!

여기 전설의 물고기 사냥꾼이 나가신다!

첨벙

풍덩

철퍼덕

젠장!

우... 씨!

아, 뭐야!

계속 물고기들을 덮쳤지만, 너무 날쌔서 어림도 없었어.

혁혁 혁혁

메롱

점수판
저스틴 vs 물고기

| 0 | 47 |

88

아, **그물**만 하나 있었어도! 할머니가 여기 있으면 얼마나 좋을까. 할머니라면 코바늘로 잽싸게 그물을 하나 떠 줄 텐데! 순간 **나도** 코바늘뜨기를 할 수 있다는 게 생각났어. 할머니한테 배웠으니까.

나는 가느다란 덩굴과 코바늘로 쓸 만한 구부러진 나뭇가지를 찾아내 당장 **작업에 들어갔어.** 머릿속 할머니가 가르쳐 주는 대로 말이야.

오후 1시 48분

그물 **완성!** 근사하지는 않았지만, 그물은 **그물**이었어!

결과도 만족스러웠어. **마침내,** 기다리고… 계속 기다리고… 더 기다리고… 좀 더 기다리고… 또 기다린 끝에… **정말로** 물고기를 잡았거든! 크지는 않아도 **물고기**가 확실했어!

점수판

할머니 vs 울프

1 0

그 눈물도 마시구려, 울프 양반!

89

나는 너무 좋아서 트로피처럼 물고기를 번쩍 들어 올렸어. 그런데 어디선가 **나타난** 갈매기가 그 귀한 걸 확 **낚아채** 가지 뭐야! 갈매기 트라우마가 하나 더 생겨 버렸어.

너무 **화가 나서** 코코넛 열매를 있는 힘껏 걷어찼어. 음? 열매가 **쩍 갈라지더라고!**

　　마빈과 나는 코코넛을 반쪽씩 움켜쥐고 촉촉한 과육을 긁어 먹기 시작했어. 아, 드디어 **입에 뭔가가 들어가니** 얼마나 행복하던지. **냠냠!** 하지만 코코넛은 금세 다 없어졌어.

　　마빈이 앓는 소리를 해 댔어.

　　"난 아직도 배고파."

　　"배고픈 아이다! 배고파라!"

콕콕이는 그러면서 나무 위로 날아올랐어. 잠시 후, 발톱에 망고를 움켜쥐고 돌아왔지.

　　"과일 먹어!"

　　콕콕이가 엄마 같은 목소리로 (엄마, 미안. 하지만 사실이야.) 소리를 지르며 내 머리 위로 망고를 떨어뜨렸어. 아프지도 않았어. 먹을 게 더 생겨서 기쁘기만 했지.

　　마빈과 나는 망고에 달려들어 **게걸스레** 먹기 시작했어. 그사이, 콕콕이는 과일을 더 따서 우리에게 던져 주느라 바빴어. 꼭 무슨 깃털 달린 배달 드론 같았지.

91

그때부터 하늘에서 열대 과일이 **신나게** 쏟아졌어.

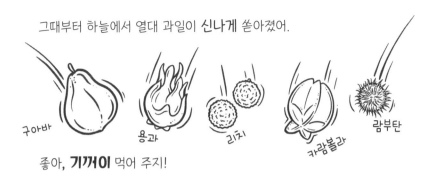

구아바   용과   리치   카람볼라   람부탄

좋아, **기꺼이** 먹어 주지!

오후 2시 28분

우리가 너무

심했나?

꼬잉!

속이 안 좋았어. 나한테는 아주 익숙한 느낌이었지. 배가 **부글부글** 끓으면서

뒤틀리는 그 느낌. 보아하니… 마빈도 만만치 않은 것 같았어. **냄새도** 그렇고.

소리 없이 새는 방귀 냄새가 점점 **지독해져서,** 우리 두 사람은 말없이

합의했어. 각자 다른 방향으로 흩어져 프라이버시를 지키기로 한 거야.

위기가 닥치기 전에 최대한 빨리 구덩이를 파야 했어! 나는 돌멩이를 들고 나무 뒤로 가 **서둘러** 땅을 파내기 시작했어. 내 손으로 내가 쓸 화장실을 만들다니. 아빠가 봤으면 얼마나 자랑스러워했을까!

구멍이 꽤 깊어졌을 때였어. 갑자기 딱딱한 물체가 '딱' 하고 돌에 부딪혔어. 흙을 더 파헤쳐 보니 단단하고 반짝반짝 빛나는 파란색 물건이 보였어. 뭐지? 혹시 **땅에 묻어 뒀던 보물?** 흙을 긁어내서 꺼내 봤지. 무슨 이상한 부적처럼 생긴 보석이 내 손바닥 위에 있었어. **황홀했어.**

그 기분을 좀 더 즐기고 싶기는 했지만, 배가 아팠어. 너무 **급해서** 더는 참을 수가 없었어. **뱃속**에서 도저히 무시할 수 없는 굉음이 끊임없이 울려 퍼졌어. 나는 부적을 얼른 주머니에 집어넣었지. 바지를 내리고 쪼그리고 앉아 곧 터져 나올 **맹렬한 공격**을 기다렸어.

장면 삭제

안 보시는 게 좋을 겁니다.

아주 참혹하거든요!

잠시 귀여운 아기 고슴도치들의 모습을 감상하시겠습니다···.

갑작스러운 내용 중단으로 인하여 독자 여러분께 불편을 끼쳐 드린 점
진심으로 사과 말씀드립니다. 이제 다시 예정된 이야기를 재개하겠습니다···.

이제 익숙해지지 않았냐고? 하지만 숙련된 전문가인 나로서도 이번 설사는 **감당하기 힘들었어**. 구멍을 더 크게 팠어야 했는데. 그나마 더는 안 나올 것 같아서 다행이었지.

문제는 지금 내 상황이 **월요일**이랑 똑같았다는 거야. 화장실인데 휴지가 없었으니까! 다행히 이번에는 휴지로 쓸 수 있는 싱싱한 잎사귀들이 널려 있었어. 덕분에 양말도 살아남았지!

처음에는 초록 잎사귀가 피부를 시원하게 **진정시켜** 주는 것 같았어. 그런데 얼마 안 가 살짝 **따끔거린다**

휴, 살았다!

싶더니 곧 참을 수 없이 **가려웠어!** 결국에는 타들어 가는 듯한 **통증**까지 올라왔지. 그제야 <생존 VS 죽음>에서 본 게 생각났어.

식물을 조심하세요!

이 작은 잎사귀들은 평범해 보이지만 피부에 닿는 순간 위험한 반응을 일으킬 수 있습니다. 접촉 부위가 부어오르고 심한 경우, 물집까지 생길 수 있지요.

으아아아아아아아아!

나는 냅다 달… 아니, 달린다기보다는 **껑충껑충** 뛰어서 연못으로 갔어. 바지는 여전히 발목에 걸려 있었지만, 나는 물속에 그대로 **주저앉았어**. 차가운 물이 닿자, 엉덩이 불도 일단은 **꺼지는 것 같았어**.

듣고 싶지는 않았지만 저쪽에서 여전히 끙끙거리는 소리가 들려왔어. 마빈은 아직도 한창 처리하고 있는 것 같았지. 그렇다면 시원한 물을 좀 더 즐겨야겠군. 마침 콕콕이도 어디론가 날아가고 없었어. 나는 나만의 아름다운 야외 욕조에서 **느긋한 시간을 즐겼어. 천국**이 따로 없었지.

연못 위로 일렁이는 햇살이 눈부셨어. 물속에서 작은 원을 그리며 부드럽게 팔을 **휘저었지**. 그렇게 잠시 물장난을 치고 있을 때였어.

손등에 **색다른 감촉**이 느껴졌어.

의아해서 들여다보는데…
기절하는 줄 알았어.
거머리였거든!
　녀석이 내 살에 들러붙어
피를 맛있게 쪽쪽 **빨고 있는
거야.**

아아아아아아악!

　거머리는 반대쪽 손에도 들러붙어 있었어. 손목에도 몇 마리 있고, 심지어
팔에는 더 많았어.
　나는 벌떡 일어섰어. 겁에
질려 무슨 일인지 **살펴봤지.**
앞, 뒤 할 것 없이 온몸을 샅샅이
확인했어. 아니나 다를까,
거머리가 여기저기 꿈틀꿈틀
기어다녔어. 믿기 힘들었지만
정말이었지. 그러니까
여기저기란 **거기**도 포함되는데…

장면 삭제

잠시 검열 좀 하겠습니다.

정말 이게 최선이거든요.

잠시 깜찍한 송아지들의 모습을 감상하시겠습니다….

갑작스러운 내용 중단으로 인하여 독자 여러분께 불편을 끼쳐 드린 점
진심으로 사과 말씀드립니다. 이제 다시 예정된 이야기를 재개하겠습니다….

장면 삭제

더 기다려 주셔야겠습니다.

으아악, 피가!

잠시 사랑스러운 새끼 오리들의 모습을 감상하시겠습니다…

갑작스러운 내용 중단으로 인하여 독자 여러분께 불편을 끼쳐 드린 점
진심으로 사과 말씀드립니다. 이제 다시 예정된 이야기를 재개하겠습니다…

장면 삭제

네, 이렇게까지 하고 싶지는 않았는데요.

이제 거의 다 떼어 냈습니다. 조금만 더 참아 주세요!

보기만 해도 마음이 흐뭇해지는 판다들의 모습을 좀 더 감상하시겠습니다….

갑작스러운 내용 중단으로 인하여 독자 여러분께 불편을 끼쳐 드린 점
진심으로 사과 말씀드립니다. 이제 다시 예정된 이야기를 재개하겠습니다….

오후 3시 13분

"야, 정신 차려!"

나는 최악의 순간을 골라 연못으로 돌아온 마빈을 흔들어 깨웠어. 내가 아랫도리에서 거머리를 떼어 내는 걸 보더니 그대로 **쓰러져 버렸거든**.

좀 걱정스러웠지만 다행히 의식이 조금씩 돌아오는 것 같았어. 마빈이 눈을 떴어.

"안녕, 거머리 소년."

괜한 걱정이었지!

마빈이 기운을 차리자 잠시 멈추었던 보물찾기도 계속됐어. 녀석은 우리가 슬슬 **보물 동굴**에 거의 다 왔을 거라고 확신했어.

콕콕이는 마빈의 어깨에 앉아 있었어. 그러다 가끔 날아올라서 **휙** 어디론가 갔다가 되돌아오기도 했어. 둘은 찰싹 달라붙어 꽁냥댔고, 나는 꿰다 놓은 보릿자루마냥 터덜터덜 쫓아갈 뿐이었어.

하지만 더 **열받는 건** 이거였어. 아까 그 오아시스에서 내가 최선을 다해 먹을 걸 찾는 사이 마빈이 콕콕이에게 새로운 말을 가르쳐 줬더라고. 덕분에 이제는 앵무새가 지껄이는 말까지 **견뎌야** 했어.

"뿌직이 팬티다, 뿌직이 팬티! 도망쳐라! 도망쳐라!" 그리고 "변기 소년이다, 변기!"

마빈은 재미있어서 죽으려고 했어!

그래, 이젠 마빈한테 지쳤어. 정글에도 지쳤고. 정말이지, 지긋지긋한 게 한두 개가 아니었어.

정말이지 지긋지긋한 것들 목록

마빈		갈매기
거미		벌레
덩굴		걷기
뱀처럼 보이는 덩굴		팬티 속 모래
나뭇잎		설사
진흙		정글
말하는 앵무새		목마름
원숭이		게
거머리		마빈
마빈		전부 다

계속…

103

머릿속으로 지긋지긋한 것들 목록을 **계속** 추가하고 있는데 콕콕이가 다시
퍼드득 날아갔다 돌아왔어. 잔뜩 흥분해서 빙글빙글 돌았지.

"이쪽이야, 이쪽. 나를 따라와!!"

마빈과 나는 발걸음을 재촉했어. 앵무새를 따라 도착한 곳은 바로 여기였어.

나는 있는 힘껏 고개를 저었어.

"난 **싫어, 안 들어가!**"

"콕콕이가 하는 말 못 들었어? **황금**을 얻는 지름길이라잖아! 어서 들어가자!"

마빈은 있는 힘껏 고개를 끄덕였어.

"너, 내가 정글에 따라 들어왔다가 얼마나 후회했는지 알아? 미쳤냐? 저렇게 **경고 표시**가 잔뜩 붙어 있는 **시커먼 구멍**에 뛰어들게!"

"에이, 저런 건 만약을 위해 붙여 놓는 거야. 아니면 그냥 우리처럼 보물 찾는 사람 겁주려고 붙였든지."

고개 젓기와
고개 끄덕이기,
치열한 접전 중.

마빈이 물었어.

"난 콕콕이를 믿어. 넌?"

나는 잠깐 생각을 해 봐야 했어.

"글쎄, 난 별로!"

"어차피 왔던 길을 되돌아갈
수도 없잖아!"

마빈이 나를 시커먼 구멍으로 **내몰며** 말했어.

"자, 간다!"

마빈이 나를 툭 **밀었어.**

콕콕이의 범죄 기록

· 협곡을 가로질러 우리를 쫓아옴
· 내 손가락을 물려고 함
· 내 머리에 망고를 떨어트림
· 나를 뿌직이라고 부름
· 마빈을 좋아함

콕콕이

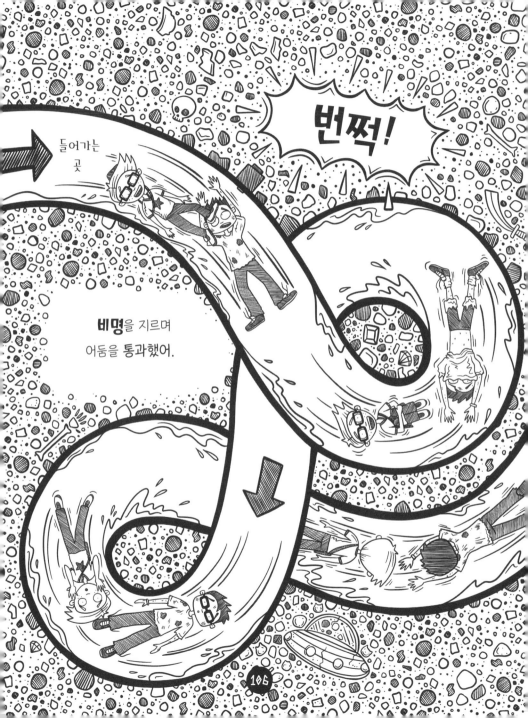

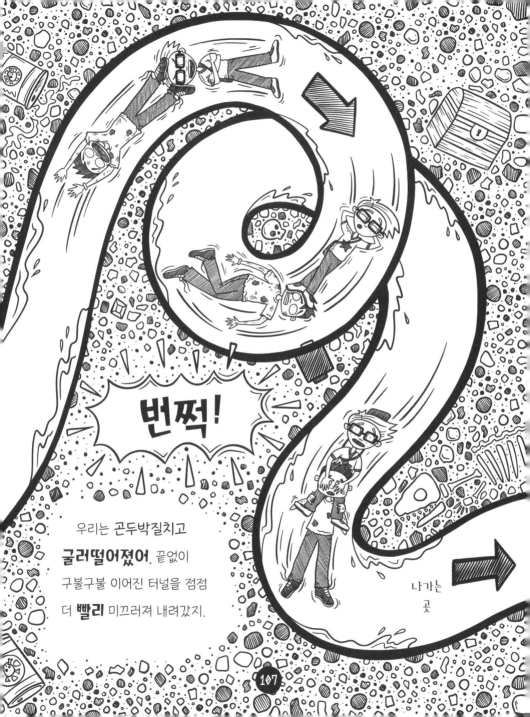

번쩍!

우리는 곤두박질치고 **굴러떨어졌어.** 끝없이 구불구불 이어진 터널을 점점 더 **빨리** 미끄러져 내려갔지.

나가는 곳

107

오후 3시 47분

미끄러운 터널 속에서 **속도**가 붙을수록 저 멀리 보이는 **동그란 빛**이 점점 더

커졌어.

저스틴 시점:
괴상한 터널을
미끄러져 내려가는데
동그란 빛이 나타남

지름길이라더니, **정말**이었나 봐!

성공한 건가? 드디어 보물을 찾아내는 거야?

우리 **돈방석**에 앉는 거야?!

마빈과 나는 팔다리가 얽힌 채 물이 **철철** 흐르는 터널 밖으로 **내동댕이**쳐졌어.

우리는 **어리바리한 표정**으로 온몸에서 물을 **뚝뚝** 흘리며 간신히 일어섰어.
해적이 숨긴 **보물**을 차지해서 **백만장자**가 될 마음의 준비를 했지.

그런데 보물 상자가 보이지를 **않았어**. 수북하게 쌓인 금은보화도 없었고. 눈에 띄는 거라곤 **왠지** 낯익은 장소를 가리키고 있는 **표지판** 하나가 다였어.

무인도에 웬 표지판이 이렇게 많은지!

우리는 바닷가를 따라 말없이 걸었어. **아닐 거라고** 생각하면서. 하지만 곧 버려진 구명보트와 비상 탈출 의자, 그리고 돌과 조개껍데기로 적어 놓은 글자가 보였어…

우리가 출발한 바로 그 자리로 되돌아온 거야!

텅 빈 바닷가에 내 고통스러운 절규가 **메아리**쳤어.

마빈도 충격에서 쉽게 벗어나지를 못했어. 쉴 새 없이 모래밭을 **왔다 갔다**
하며 계속 보물 지도만 들여다봤지. 뭐가 잘못된 건지 알아내려고 말이야.
무언가에 홀린 사람처럼 **중얼거리며** 입을 다물지를 못했어.

"거의 다 갔는데. 거의 다."

지도를 들여다보던 마빈이 바다 너머로 **눈길을 돌렸어**. 그러더니 갑자기 내
셔츠를 움켜잡으며 **울부짖었지**.

"거의 다 갔었어. 거의 다. 봐, 바로 **저기**잖아!"

마빈이 부들부들 떨면서 반대편에 보이는 동굴을 가리켰어.

나도 반대편에 있는 **보물 동굴**을 쳐다봤어. 마빈의 말이 옳았어. 별로 멀지 않았지. 헤엄을 쳐서도 **쉽게** 갈 수 있는 거리였어. 끽해야 올림픽 수영장 열두 개 정도밖에 안 되어 보였거든.

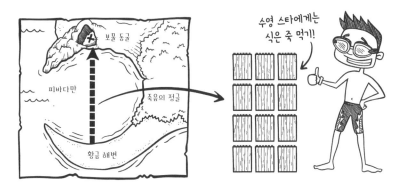

다만, 이름이 **피바다**인 게 **살짝** 마음에 걸렸어. **죽음의 정글**도 이름값을 톡톡히 했으니까!

하지만 그렇게 따지자면 **보물 동굴** 역시 **정말로** 보물로 가득 차 있다는 이야기였어! 주머니에는 아까 우연히 찾아낸 **보석 부적**이 아직 잘 간직돼 있었어. (마빈이 알면 훔쳐갈까 봐 비밀로 했지.) 이거야말로 이 섬에 보물이 있다는 **중요한 증거**가 아닐까?

이런 게 저 동굴에 **가득**하다면? 생각만 해도 **흥분**을 가라앉힐 수가 없었어.

솔직히 아까 그 터널에서 잠시나마 **황금**을 찾았다고 믿었을 때 난 너무 좋아서 머릿속으로 쇼핑부터 했어…

상상 속 대박 재산으로 이미 구매한 선물들

아빠한테는 번쩍번쩍 금도금 변기

행복의 눈물

할머니한테는 금도금 찻주전자와 금도금 앤틱 손거울

내가 깬 손거울 대신

엄마한테는 전 세계, 아니 우주까지도 갈 수 있는 골드 클래스 여행권.

카운트다운은 엄마가 직접

미아한테는 최첨단 금도금 타블렛

지금 사용하는 공책하고는 급이 다름

나는 학교에서 가장 **인기 있는 애**가 될 거야. 수영장 사건? 아무도 기억 못 할 걸.

인터넷에 떠도는 **뿌직이**의 흔적도 돈으로 싹 다 지워 버릴 수 있을지도 몰라. 동영상이고 **밈**이고 죄다!

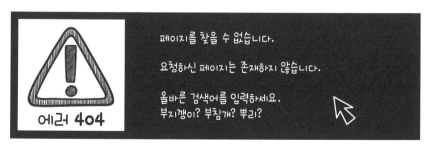

생각이 거기에 미치자 **나도** 보물을 찾고 싶어 안달이 났어.

내가 말했어.

"좋아, 그럼 보트로 가. 바다도 잔잔하고 별로 멀지도 않으니까."

이제 마빈의 눈도 내 눈처럼 **빛났어**.

"그래, 가자!"

잘 가라, **뿌직이**. 난 이제 **황금 소년**이 될 거라고! 보물아, 기다려라, 우리가 간다!

오후 4시 10분

우리는 구명보트를 끌고 모래밭을 가로질러 만 쪽으로 갔어. 그런 다음 **피바다**의 고요한 물살에 보트를 띄웠지.

마빈은 길을 안내하겠다고 나섰어. 아, 얜 정말 끝까지 재수 없게 군다니까. 저 앞에 빤히 다 보이는데 안내는 무슨 안내야? 그래도 녀석은 구명조끼를 입고 앞에서 **선장**이라도 된 것처럼 지도나 봤고, 나는 뒤에서 죽을힘을 다해 어설프게 급조한 노를 저었어.

생각보다 엄청 힘들었어. 땀이 비 오듯 쏟아졌지. 안 그래도 정글에서 헤맨 탓에 다리가 후들거리는데 이제는 팔까지 덜덜 떨렸어. "맨날 비디오 게임만 하니까 그렇지!" 엄마의 목소리가 또 들리는 것 같았어.

두고 봐, **곧** 어마어마한 부자가 되면 엔진 달린 교통수단만 쓸 테니까. 하지만 아직은 갈 길이 **어마어마했어.**

얼마나 왔나 보려고 어깨 너머를 흘낏 돌아봤어. 거의 제자리였어! 그런데 저쪽에서 갈처럼 물을 가르며 우리를 따라오는 **지느러미**가 보이지 뭐야. 반가워서 마구 마빈을 불렀지.

"마빈, 마빈, 저기 좀 봐! 돌고래가 또 왔어! 어쩌면 우리를 도와줄지도 몰라!"

나는 물을 찰싹찰싹 때리면서 돌고래를 불렀어.

"이리 와, 돌고래야! 어서!"

지느러미가 바짝 다가오더니 보트 주위를 천천히 **맴돌기** 시작했어. 하지만 뭔가 **이상했어!** 지느러미에서 활기차고 장난기 많은 돌고래의 기운이 느껴지기보다는…

사람 잡아먹는

'상어'

의 기운이…!!

인간은 **살아남기 위해** 위기 상황에서 투쟁하거나 도피하도록 진화했다던가?

도피

투쟁

사실 나는 **도피형**이야. 그런데 무슨 영문인지 이번에는 **투쟁**을 선택했어!
생일 파티에서 싸구려 사탕 몇 개 받겠다고 마구 방망이를 휘둘러 대는 여섯 살
애들처럼 상어한테 달려든 거야. 상어가 **피냐타**는 아닌데 말이야!

사탕이 가득 든 종이 물고기,
이름하여 피냐타.

내가 몇 차례 거듭해서 **멋지게** 때린 덕분에 상어가 제법 큰 상처를 입은 것
같았어. 피부가 천천히 벗겨지면서 녀석이 본모습을 드러냈거든…

"로봇 상어!"

참 도움 되네!

뭐야? 울프 아저씨 방송 어디에도 **로봇 상어**는 다룬 적이 없는데…

대단히 고맙네요, 울프 아저씨!

나는 **생뚱맞게** 미아에게 로봇 상어 이야기를 해 줘야겠다고 생각했어. 미아는 상상력이 풍부하니까 유니콘 비디오 게임에 **그럴듯하게** 활용할 수 있을 거야. 그러려면 물론, 살아남는 게 먼저겠지! 자, **집중!**

로봇 상어를 어디 다른 데서 봤다면 나도 아주 **끝내준다고** 생각했을 거야. 하지만 한입에 **잡아먹힐 것 같은** 이 위험천만한 상황에서는 조금도 그렇게 느껴지지 않았어. 녀석은 우악스러워 보이는 **기계 턱**을 맹렬히 열었다 닫았다 하며 점점 더 다가왔어.

내가 녀석을 계속 두드려 패서 그랬는지 기계 어딘가가 **고장** 난 것 같았어. 망가진 전기 회로에서 불꽃이 튀고 연기도 피어올랐거든.

점점 더 가까이 다가오는 상어를 바라보고 있자니 솔직히 **한입**에 잡아먹힐까 봐 **두려웠어.** 그래도 마음을 단단히 먹고 상어의 이글거리는 **눈**을 노려보는데, 갑자기 거기 적힌 글씨가 보였어!

나는 급히 노를 빙글 돌려서 로봇 상어의 눈을 **쿡** 찔렀어.

붉게 이글거리던 눈동자가 **까매졌어**. 전원이 꺼진 것 같았어. 탁탁 튀던 불꽃도
사그라들고, 더 이상 우리를 쫓아오지도 않았어. 쩍 벌어졌던 **턱**이 그제야
천천히 닫혔어. 무사히 끝난 거야!

응, 아니네! 송곳처럼 뾰족한 로봇 상어 이빨이 보트에 **구멍**을 낸 거야.

보트에서 공기가 빠져나오자 우리는 통제 불능 **마법 양탄자**를 탄 것처럼 아름다운 세상… 이 아니라 공포의 세상으로 날아올랐어.

우리는 피바다만을 **미친 듯이** 휘젓고 다녔어. 빵빵하게 부푼 풍선을 묶지 않고 던졌을 때처럼 휙휙 날아갔지.

슈우우우우욱!

그러다가 마지막 공기가 빠져나가는 순간, 기적적으로 **보물 동굴** 입구에 **쿵** 내려앉았어.

쿵!

125

동굴 안은 막대한 예산을 투입한 **블록버스터** 해적 영화 세트장처럼 보였어. 먼저 돛이 찢어진 범선 한 척이 눈에 띄었지. 부서진 선체에서 흘러나온 금과 보석들이 얕은 물 밑에 가득 쌓여 있었어. 좀 더 안쪽에는 산더미처럼 쌓인 주화들이 밤하늘 별처럼 **반짝였고,** 보석 상자들도 엄청 많았어.

그런데 우리가 안으로 한 걸음 들어가자 동굴이 갑자기 **살아나는** 것 같았어.

바람 한 점 불지 않는데 돛대에 걸려 있던 **해적 깃발**이 나부끼면서···.

으스스한 물안개가 덩굴 자라듯 스멀스멀 퍼지기 시작했어.

삐거덕 덜거덕

버려진 배 안에서 들려서는 안 될 소리가 들렸어.
보물들 사이에 널브러진 **해골들**도 눈에서 갑자기 **광채**를 뿜기 시작했어.

우리는 간이 콩알만 해져서 걸음을 멈췄어. 유령이 있는 게 확실했어. 하지만
눈앞에 수북이 쌓인 보물도 진짜였어.

나는 속으로
"야, 이 바보야.
어서 도망쳐!"
라고 외쳤어.

하지만 또 다른 나는
훨씬 더 큰 소리로
"좌르르르륵!" 돈을
세고 있었지.

고민 끝에 한 가지 제안을 했어.
"빨리 챙겨서 더 빨리 나가자."
하지만 마빈은 두 배 더 빨랐어. 이미 제일 큰 보물 더미에 누워 팔다리를
휘젓고 있더라고.

솔직히 너무 **황홀**해서 정신을 못 차리기는 둘 다 마찬가지였어. 나도 거기 드러누워 팔다리를 마음껏 **펄럭**였거든!

그런데 느닷없이 유령의 **신음 소리** 같은 게 동굴에 울려 퍼졌어. 보물 파티도 거기서 딱 끝나 버렸지. 짙은 안개가 우리를 감쌌어. 등골이 서늘해지면서 **소름**이 쫙 돋았어.

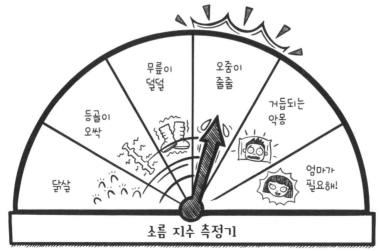

소름 지수 측정기

"빨리 나가자!"

나는 **울먹**거리기까지 했어. 하지만 마빈은 끝까지 고집을 부렸어.

"보물을 가지고 가야지, 무슨 소리야? 얼른 여기 빈 수레에 보물을 담아. 좋은 것만 골라. 그런 다음, 튀는 거야."

나는 마지못해 고개를 끄덕인 뒤 '아이템 수집 도전 과제'를 시작했어.

보물을 찾아라!

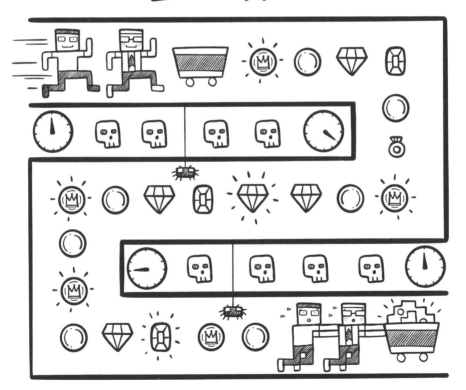

얼마 안 가 수레가 **꽉 찼어.**

작업 전

작업 후

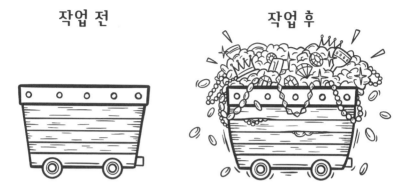

이걸 팔면 얼마나 될까? 전혀 감이 안 왔어.(내가 뭐, 지금껏 금은보화 근처에라도 가 본 적이 있어야지.) 그래도 이 정도면 우리 둘 다 가뿐히 ~~백만장자~~⋯ ~~억만장자~~⋯ ~~조만장자~~⋯ 아니, **어마어마장자**가 되고도 남을 게 분명했어!

돼지 저금통을 금고로 바꿔야 할 날이 온 거지!

넌 해고야!

널 고용하겠어!

하지만 보물을 끌고 여기를 빠져나가는 게 먼저였어. 말이 쉽지, 그리 간단한 일은 아니었지. 너무 무거워서 들어 옮길 수는 없었고, 그나마 수레가 선로 위에 놓여 있어서 다행이었어. 우리가 **끙끙거리며** 수레를 미는데 또 **간 떨어지는 일**이 일어났어.

131

"우헤헤헤헤!"

동굴 가득 불길한 **웃음소리**가 울려서 **간담이 서늘**해진 거야.

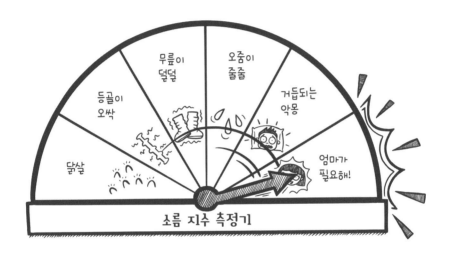

우리는 **부들부들** 떨며 주위를 두리번거렸지. 아니나 다를까, 정체를 알 수 없는 누군가가 갑판 위로 서서히 모습을 드러냈어.

겁나는 건 둘째 치고, 정말 인상적인 등장이었어! 해적 선장이 칼을 치켜든 채 동상처럼 꼿꼿이 서 있었거든.

때마침 콕콕이가 동굴 안으로 날아들더니 선장의 어깨에 사뿐히 내려앉았어.

"도망쳐라, 도망쳐라!"

내 저럴 줄 알았어. 저 앵무새 녀석, 어쩐지 처음부터 영 믿음이 안 가더라니!

선장이 위협적으로 칼을 흔들었어. 동시에 굵고 거친 목소리가 서라운드 음향처럼 쩌렁쩌렁 울려 퍼졌지.

"고약한 것들! 감히 내 보물 동굴에 들어오다니! 국물도 없을 줄 알아라, 아르르르르르!"

마빈은 손짓 발짓 다 해 가며 날 가리키느라 정신이 없었어.

"**얘요, 얘**가 그랬어요. 다 **얘** 생각이었어요. 전 말리려고 했어요."

해적 선장은 마빈을 무시한 채 엄숙하게 외쳤어.

**"버나클 본즈의 저주를 풀어라,
아르르르르르!"**

고막을 찢는 **천둥소리**와 함께 동굴
안쪽에서 **번개가 번쩍**했어! 배가 점점 더
심하게 **삐걱대고 덜컹거렸어**. 유령 선원들이
쏟아져 나오는 소리였지.

선장은 유령들을 지휘하며 쉬지 않고 **"아르르르르르르, 아르르르르르르!"**를 반복했어. 고장난 레코드판처럼 말이야. 두 눈도 붉은빛으로 활활 타올랐어. 그런데...

...머리통이 미친 듯이 **핑그르르** 도는가 싶더니 바닥으로 **툭** 느닷없이 떨어져 버리지 뭐야!

우리는 너무 겁이 나 심장이 멎는 줄 알았어. 마빈과 나는 고래고래 **소리를 지르며**, 달려드는 해적 유령들을 피해 뒷걸음질 쳤어.

그 바람에 그만 광산 수레로 나자빠지고 말았지. 수레가 구르기 시작했어.
빨리, 더 빨리. 속도가 붙자, 도저히 정신을 차릴 수가 없었어. 유령들도 기를
쓰고 **쫓아왔어**.

아아아아아아아아아악!

번쩍!

아아아아아아아아아악!

가까스로 유령을 따돌렸나 했는데 이번에는 이쪽으로 수레가 마구 **달려갔어.**

분명히 아플 거야. 그것도 엄청나게!

아아아아아아아아아아아악!

우리는 마음을 **굳게 먹고** 눈을 꼭 감았어…

유리병 편지   스노우 글로브   저금통

티셔츠

X

보물은 여기

냉장고 자석

티스푼

할머니한테
딱이네!

봉제 인형

해적 팬티,
1+1 행사

마빈과 나는 수레에서 내려 텅 빈 기념품
가게로 **비실비실** 걸어 들어갔어. **충격**을
받아 정신이 멍했는데도 세일 중인 깨끗한 팬티를
보니 얼마나 사 입고 싶던지.

우리는 뭐가 어떻게 된 건지 알고 싶었어.

한쪽에 스크린이 여러 개 설치된 벽이 보였어.

역시, 눈 뜬 사진은
단 한 장도 없군.

와일드 다이브
워터 슬라이드

동굴 대소동
유령 열차

맹세해! 겉만
살짝 긁었을 뿐이야.

반대편 벽에는 우리에게도 (절반만) 익숙한 지도가 초대형 버전으로 걸려 있었어.

보물섬

으스스한 홀로그램 라이트 쇼와 함께 애니매트로닉스 기술로 탄생한 유령 해적들을 만나 보세요. 가방 가득 보물을 채우는 것도 잊으면 안 돼요!*

동굴 대소동 유령 열차
섬 한복판을 가로지르는 초고속 스릴 만점 놀이기구

진짜 화산을 체험해 보세요. 휴화산이니까 걱정 마세요. 저희를 믿으세요!

해골산

보물 동굴

전문 가이드와 함께하는 사파리 투어를 통해 야생 동물들도 만나고** 오아시스에서 피크닉**도 즐겨 보세요.

입이 떡 벌어지는 애니매트로닉스 상어 쇼를 기대하세요. 해변가 좌석을 예약하세요!**

피바다만

죽음의 정글

황금 해변

햇살 가득한 해변에서 일광욕과 함께 여유로운 하루를! 모래 속에서 보물찾기 놀이를 하며 즐거운 시간을 보내는 것도 잊지 마세요. 접이식 비치 의자, 비치파라솔, 모래 삽은 호텔 리셉션에서 빌리실 수 있습니다.**

* 킬로그램당 요금이 부과되며, 결제는 기념품 가게에서 가능합니다.
** 추가 요금이 부과됩니다.

에… 그러니까… 지금까지 우리가 **갇혀 있었던 곳**이 무인도가 아니고 **테마파크**였단 말이지?! 에이, 그럴 리가. 직원들은 다 어디 있는데? 관광객들은? 여긴 **유령 도시**나 다름없단 말이야. 나는 **어리벙벙한** 표정으로 주변을 돌아다녔어. 아직도 믿을 수가 없었어.

마빈은 우리가 타고 온 수레로 돌아가 보물을 조사하고 있었어. 손가락 사이에 금화를 끼운 채 한참을 의심스럽게 내려다봤지. 마빈이 마침내 손에 힘을 줬어. 툭. 금화는 할머니의 비스킷처럼 **두 동강** 나 버렸어.

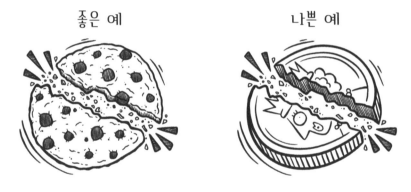

좋은 예   나쁜 예

마빈이 흐느끼기 시작했어. "이거 정말 가짜야. 여기는 다 **가짜야!**"
마빈의 울음은 걷잡을 수가 없었어.
나는 마빈을 안아 줬어.

"괜찮아, 울지 마. 봐, 우린 이렇게 살아 있잖아. 게다가 무인도도 아니고. 드디어 도움을 받을 수 있게 됐어!"

마빈은 태블릿을 켜 보려고 했지만 배터리가 떨어져 있었어. 이 건물 어딘가에 **분명** 전화나 컴퓨터가 있기는 있을 텐데. 우리는 주변을 살펴보기로 했어.

오후 5시 5분

기념품 가게는 푸드 코트로 연결되어 있었어. 사람은 없지만 **먹을 게** 있었지! 여기야말로 **진짜 보물 동굴**이었어.

우리는 곧장 **디저트 코너**로 달려가 닥치는 대로 음식을 먹어 치우기 시작했어. 여물통에 코 박은 돼지들처럼!

잠시 후, 마빈이 냉장고에서 **마실 것**을 꺼내 오더니 내게도 한 병 건넸어. 해가 서쪽에서 떴나? 어제는 **폭발 장치**가 숨겨진 로켓 병을 건네더니, 하루 만에 탄산음료를? 이런 건 친구 사이에서나 하는 건데?

우리는 '**건배**'를 한 뒤 톡 쏘는 음료를 쭉 들이켰어.

무한 리필이라고 해도 그렇게 많이 먹지 말걸! 또 화장실이 가고 싶어졌거든.

하지만 화장실로 달려가 제대로 된 도자기 **변기**를 보는 순간, 하마터면 기쁨의 눈물을 흘릴 뻔했어. 정글에서 그 원시적인 구덩이를 겪은 뒤로, 아빠가 왜 이런 현대 문명에 그토록 열광하는지 이해가 됐어! 집에 돌아가면 아빠랑 꼭 다시 화장실 박물관에 가 볼 거야.

화장실에는 휴지도 있었어. 그것도 세 겹짜리가! 이제 금이나 보물 따위는 아무래도 좋았어. 이게 바로 진짜 **보물**이니까!

화장실에 앉아 있자니 아빠 사업에 도움이 될 만한 아이디어도 떠올랐어. 빨리 아빠를 만나 말해 주고 싶었어.

해적 배관공!

뚫어뻥

제 아들입니다.

　드디어 **통제실**을 찾았어. 벽면 가득 모니터, 컴퓨터, 전화기 등이 설치되어 있었어. 버튼도 엄청나게 많았지.

　우리는 먼저 전화를 걸어 보려고 했지만 먹통이었어. 인터넷 연결도, 와이파이 접속도 다 안 됐어. 으, 이렇게 **속 터질 수가!**

　그나마 모니터들은 켜졌어. 다 내 덕분이었어. 내가 **닥치는 대로** 자판과 버튼을 눌렀거든. 우리는 그제야 모니터와 연결된 **보안 카메라**들을 통해 섬 곳곳을 볼 수 있었어.

　우리가 통제실에
앉아 있는 것도 보였어.

나는 푸드 코트에서
우리가 얼마나 게걸스럽게
먹었는지를 보려고
영상을 앞으로 **돌려봤어.**

좀 더 앞으로 갔더니 몇
시간 전 **거머리** 장면이
나왔어.

마빈은 그걸 보자마자 또 **정신을 잃었어.** 녀석이 조용한 틈을 타, 나는 아예
더 앞으로 확 돌려서 이 섬에서 도대체 무슨 일이 있었는지를 **정확히** 알아보기로
했어.

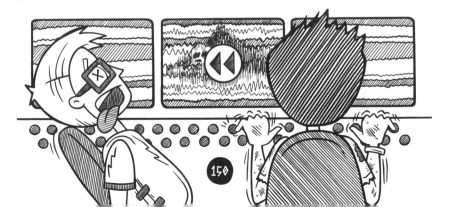

집요한 수사관처럼 **끈질기게** 물고 늘어진 덕에 드디어 사건의 전모가

드러났어. 나는 마빈이 정신을 차리자마자 내가 알아낸 것들을 말해 주었어.

어제저녁 늦게 긴급 폭풍

경보가 울려서 섬에 있는

사람들은 **한 명도 빠짐없이**

바로 **대피해야** 했어.

다들 너무 급해서 마빈과 폴리는
미처 데리고 가지도 못했어.

번개 때문에 **합선**이 돼서 기계가 맛이

갔어. 그래서 애니매트로닉스 상어와 해적

들이 **고장** 나 버렸지.

"그래서 섬이 **텅** 비고, 로봇 **상어**와 유령 **해적**들도 우리를 공격한 거야."

나는 설명을 마무리하며 마빈이 감사한 마음을 담아 박수 쳐 주길 기대했어. 하지만 방이 갑자기 심히 세 **흔들렸어.** 기념품 가게에서 파는 스노우 글로브에 들어가 있는데 누가 그걸 막 **흔드**는 그런 느낌이었어!

열대 섬에 웬 스노우 글로브?

이런 기억 담기 싫어!

주억을 담아 보세요.

흔들림이 가라앉았어. 잠시 정적이 흘렀어. 하지만 그것도 잠깐, 비상 경고등이 **번쩍거리며** 사이렌 소리가 귀청을 찢기 시작했어.

오후 5시 49분

"적색 경보!

섬에서 대피하십시오!"

"그냥 훈련일 거야." 내가 희망을 품고 말했어.

"훈련이 아닙니다.
어서 대피하십시오!"

나는 벽에 붙어 있는
안내 표지판을 읽었어.

	보물섬 위험 경고 코드	
▨	노랑	수영장에 오줌
▨	갈색	수영장에 똥
▨	초록색 바탕에 오렌지색 무늬	수영장에 토사물
▨	적색	화산 폭발

이게 **말이 돼? 화산**이 터진다고?!

잠깐 정리 좀 해 볼래.

☐ 실수로 비행기에서 튕겨 나감.

☑ 세상에서 가장 재수 없는 녀석과
어딘지도 모를 바다 한가운데에서
구명보트를 타고 표류함.

☑ 갈매기한테 위협받고, 게한테
꼬집히고, 곤충한테 물어뜯기고, 상상 속
뱀한테 물릴 뻔하고, 거머리한테 피 빨리고,
로봇 상어에게 쫓기고, 홀로그램 유령들을
피해 도망 다님.

☑ **게다가** 똥 던지는 원숭이의 공격과
망고 던지는 앵무새의 모욕을 받음.

☑ 솔직히 이 정도면 충분한 거 아니야?
그런데 뭐? 지금까지 잘만 있던 **휴화산**이
곧 **폭발**한다고? 그래서 이 저주받은 가짜
섬 전체가 흔들리는 거라고?

불행한 세상

좀 쉬고
싶어!

통제실이 다시 **흔들리기** 시작했어.

모니터들도 꺼졌다 켜졌다 난리가 났어.

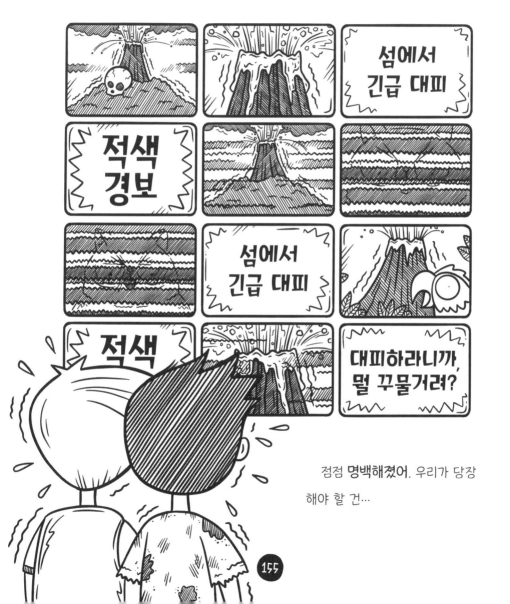

점점 **명백해졌어**. 우리가 당장

해야 할 건...

우리는 (또!) 비명을 지르며 우르릉거리는 화산을 피해 최대한 빨리 뛰었어. **연기**가 치솟고 시뻘건 **용암** 덩어리들이 비 오듯 떨어졌어. 서둘러 빠져나가지 않으면 큰일 날 것 같았지. 우리의 유일한 희망은 선착장이었어.

이상 (우리가 원한 것)　　　　　　　　현실 (우리가 얻은 것)

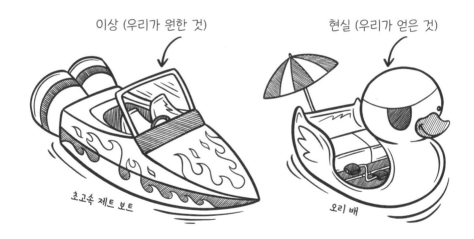

초고속 제트 보트　　　　　　　　　　오리 배

선택의 여지가 없었어. 우리는 **오리** 등으로 뛰어들어 미친 듯이 **페달**을 밟기 시작했어. 안전한 바다를 향해서 말이야.

오리 배는 아무리 **기를 쓰고** 페달을 밟아도 달팽이처럼 느렸어.

"꽉꽉 밟아라!"

숨이 턱까지 차올랐어. 꼭
아빠 같았지. 건강을 위해
결심했다면서 집에서 실내
자전거 타는 아빠가 딱 이랬거든.
숨은 헉헉, 땀은 줄줄, 그런데도
진전은 없는 제자리 신세!

헉헉

헉헉

슬쩍 뒤를 돌아봤어. 화산에서 확실히 멀어졌기를
기대하면서. 하지만 전혀 아니었어. 새로운 **지느러미가**
우리를 **또** 쫓아오고 있었지!

다시 로봇 상어와 싸워야 한다니! 그나마 이번에는 녀석의 약점인 **켜기/끄기** 버튼이 있다는 걸 아니까 다행이었어. 하지만 서둘러야 했어. 상어가 입을 쩍 벌린 채 빠르게 다가오고 있었거든.

나는 파라솔을 빼서 **창**으로 쓸 수 있게 일단 접었어. 그런 다음 녀석의 **번쩍** 빛나는 눈을 잘 조준해 있는 힘껏 **켜기/끄기** 버튼을 찔렀어.

꾹

어떻게 된 거지? 전원이 꺼지질 **않잖아**. 아니, 오히려 녀석은 더 길길이 **날뛰었어!** 아, 이건 고장 난 애니매트로닉스 상어가 아니라…

상어는 화가 **잔뜩** 나서 파라솔을 한입에 **꿀꺽** 삼켜 버렸어.

내 손에는 달랑 **이쑤시개** 같은 막대기만 남아 있었어. 하긴, 이제 곧 **인간 너겟**을 먹고 나면 **이빨 청소**를 하고 싶어질 테지.

끝났어. 더는 도망갈 데도 없었어. 녀석이 마지막 공격을 위해 천천히 다가오고 있었어. **엄마아아아아아아!**

그랬더니 정말로 어딘가에서

엄마가!

제트 스키를 타고!

고래고래 소리를 지르며

달려오고 있었어!

"야, 너
각오해!"

물론 나한테가 아니라 **상어**한테 하는 말이었어!

이제 이런 시시한 프로는 잊어버려.

이게 있으니까.

상어는 이제 도리어 **쫓기고 있었어!** 엄마가 상어한테 달려들더니 쉴 새 없이 **초강력 무술**을 선보였어.

상어는 승산이 **없었어**. 고작 인간 너겟 두 조각 먹겠다고 그렇게까지 **두들겨 맞을** 필요가 없다는 걸 깨달았는지 녀석은 바닷속 깊은 곳으로 **사라져 버렸지**.

엄마는 그제야 오리
배로 다가와 날 숨 막히게
끌어안았어. 아, 엄마만의
따뜻하고 포근한 가슴. 한참을
그러고 있다가 다음에는 **뽀뽀**
세례가 이어졌어.

그런데 갑자기 엄마의 **눈썹 모양**이 바뀌더라고.

이 모양에서   이 모양으로

이제 또 시작인 거지.

"빨리 불어, **저스틴 체이스**. 도대체 이게 다 어떻게 된 거니? **너 각오해!**"

　　엄마가 **잔소리** 도중에 잠시 숨을 쉬는 사이, 나는 얼른 질문을 던졌어. 엄마가 제트 스키를 타고 나타나는 순간부터 궁금해서 미칠 지경이었거든….

　　"근데 날 어떻게 찾은 거야?!"

　　얼떨떨한 내 질문에 엄마는 잠시 당황한 것 같았어.

　　"원래 엄마들은 다 알아."

　　"아니, 정말로. 어떻게 이렇게 정확히 찾아냈어?"

　　엄마가 한숨을 쉬었어.

　　"좋아. 사실은 네 알레르기 팔찌에 **GPS 위치 추적기**가 들어 있어. 그래서 난 스마트폰만 있으면 언제든 널 추적할 수 있어. 그냥, 네가 규칙을 잘 지키고 있는지 보려고 단 거야. 이거 불법 아니야. 너한테도 좋은 거고. 그런 표정 지을 필요 없다니까. **각오할 사람**은 너지, 내가 아니야!"

아들 찾기 어플

뛰어야 벼룩

목표물 확인

이제야 그동안 겪은 일들이 이해가 갔어!

엄마가 얼른 덧붙였어.

"엄마한테 위치 추적 장치가 있었으니 망정이지, 정말 큰일 날 뻔했잖아! 폭풍 때문에 어제 하루 종일 인터넷이 먹통이었어. 그런데 좀 전에 겨우 다시 터져서 보니까 네가 **실종**됐다고 나오지 뭐니! (PS. 네 아빠, **각오해야 해.** 국물도 없을 줄 알아. 애를 그 어설픈 텔레비전 프로그램에 내보내겠다고 보호자도 없이 비행기에 태워?) 놀라서 어플을 봤더니 네가 우리 이웃 섬에서 뛰어다니더라고. 구조대에 연락은 했지만, 어차피 내가 더 **가까우니까** 제트 스키를 타고 달려온 거야."

이제 내가 한 번 더 엄마를 **끌어안을** 차례였어.

마침내 **구조대**가 도착했어! 수평선 위로 배와 헬리콥터 들이 요란한 소리를 내며 속속 모습을 드러냈어. 경찰이 보낸 구조선들과 **텔레비전 뉴스팀**에서 온 헬리콥터들까지 전부 온 것 같았어.

우리가 **팔을 흔들자** 모두 빠른 속도로 다가왔어. 타이밍도 아주 절묘했지. **본격적인 화산 폭발**이 시작됐거든.

얼마나 시끄러웠는지 마빈도 기절하고 있다가 눈을 떴어. 그 정신에도 헬리콥터와 **카메라**를 발견하더니 얼마나 좋아하던지. 그렇게 행복해하는 모습은 처음이었어.

"살았다!"

드디어
헬리콥터에서
줄사다리가 내려왔어.
팔을 뻗어 겨우
잡으려고 하는데…

마빈 녀석이 내 손에서 사다리를
낚아채더니 자기가 먼저 올라갔어.
나는 빨리 안전한 곳으로 들어가고
싶어서 그 뒤를 바짝 쫓았어.
그런 내 마음을 아는지 모르는지,
마빈은 우리를 촬영하고 있는
카메라를 향해 포즈를 취하면서
자꾸 꾸물거렸어. 자기가 뭐라도
되는 것처럼 손을 흔들더니 결국
미끄러졌지!

녀석이

곤두박질치면서

잽싸게 내 바지를

움켜잡았어…

덕분에 바지가

밑으로 점점

흘러내리는데…

…생각하지도

못했던 손 하나가

내려오더니 날 끌어

올리더라고.

새아빠, **블라드** 아저씨였어!

뼈밖에 없는 것 같더니 힘이 엄청 셌어.(강한 힘은
뱀파이어들의 **특싱**이라 놀랄 건 없음.)

"너 때문에 내 신혼여행을 망쳤다."

블라드 아저씨는 목소리조차 핏기가 없었어. 차갑고
날카로운 눈빛은 내 영혼에 구멍을 뚫는 것 같았지.
마빈 뒤로 엄마도 사다리를 올라오고 있었어. 마음이
좀 놓였어. 엄마가 소리쳤어.

"이제 다 올라왔어요. 출발하세요!"

헬리콥터는 용암을 토하는 화산과 **시련**으로
가득했던 끔찍한 섬을 뒤로한 채 방향을 틀었어.

오후 6시 23분

엄마는 완전히 간호사 모드로 들어가, 응급 상자를 가져오더니 나와 마빈을
돌보기 시작했어. 헬리콥터에 타고 있던 〈**일어나!**〉 쪽 변호사들은 싹 무시했지.

우리는 섬에서 그 고생을 했는데도 내일로 미뤄진 방송에 출연해야 했어.
아빠와 킹 선생님이 **철두철미하게** 검토한 계약서 덕분이었지. 그나마 우리는
모두 'VIP 손님' 대접을 받기로 했어.

우리를 태운 헬리콥터가 드디어 **도시**에 있는 헬기장에 착륙했어. 한 사람씩 내리는데 다들 어찌나 악을 써 대는지, 꼭 **록 스타**가 된 기분이었어.

파파라치와 팬 들이 우리 이름을 외쳤어. 아니, 정확히 하자면 '**마빈**'이라는 이름과 '**뿌직이**'라는 별명을. 어쨌든 우리는 이제 **정말로 유명**한 것 같았어!

마빈은 카메라 플래시 세례 속에서 주목받는 걸 냉큼 즐겼어. 손을 흔들고, 손키스까지 날렸지.

우리는 모두 **리무진**으로 안내됐어. 차 안에는 이미 두 사람이 앉아 우리를 기다리고 있었어.

"아이고, 드디어 우리 **슈퍼스타** 손님들이 도착했군요. 어서 와요. 우린 〈일어나!〉를 제작하는 프로듀서..."

"하, 잘 만났네요. 각오해요! 나 할 말 많아요."

엄마가 아무 영문도 모르는 프로듀서들을 마구 **야단치기** 시작했어.

리무진이 출발했어. 엄마가 조목조목 따지는 동안 나는 옆에 붙어 있는 작은 텔레비전을 봤어. 내일 우리의 출연을 알리는 **〈일어나!〉** 광고였어.

나는 채널을 돌리기 시작했어. 그제야 우리의 실종이 얼마나 큰 사건이었는지 알 것 같았어.

아주 **근사한** 호텔 앞에서 리무진이 멈췄어. 프로듀서들은 불과 20분 사이에 20년쯤 핀 ~~늙어~~ 있었이.

엄마를 만나기 전   엄마를 만난 후

호텔 로비에서 기다리고 있던 아빠와 킹 선생님이 번개처럼 **달려오더니** 우리를 으스러져라 **끌어안았어**.

"아주 감동적이에요! 자, 다른 각도에서도 찍게 한 번 더 부탁드릴게요." 프로듀서들 가운데 한 명이 외쳤어.

엄마가 아빠의 새 여자 친구를 만나기는 처음이었어. 네 사람은 아주 **점잖게** 인사를 주고받았어. 다들 카메라를 **엄청** 의식했거든.

오후 7시 55분

우리는 엘리베이터를 타고 **특급 귀빈층**으로 올라갔어. 거기는 커다란 성처럼 **으리으리했어!** 게다가 초호화 스위트룸을 각자 하나씩 받았지.

내 스위트룸은 엄마와 아빠의 스위트룸 사이에 있었어. 객실끼리 연결된 문을 통해 두 사람 다 내 방으로 들어올 수는 있었지만, 이 멋진 공간은 오롯이 나만의 거였어. 이렇게 **근사할** 데가!

175

내 방에는 어마어마하게 큰 **선물 바구니**도 두 개나 준비되어 있었어.

이건 됐어요!

네, 팍팍 주세요!

열대 과일

두 번 다시
보고 싶지도
않음!

고급 초콜릿!!

어마어마하게
비쌈

새로 나온
스마트폰!

광란의
대격투
전투 부대
슈팅 스쿼드
IX!

이야, 내 폰 박살 났는데
마침 잘됐다!

우아, 이건
아직 출시하지도
않은 거잖아!!

나한테 딱 맞는 고급 샤워
가운이랑 푹신푹신한 슬리퍼도
있었어. 침대도 화려하고 **엄청
큰** 킹사이즈였어. 트램펄린처럼
탱탱했지. 저녁은 룸서비스로 **마음껏**
시켜도 되고.

정말이지, 여기가 **천국**이었어.

"아아아아아아아아아아악!"

갑자기 아빠 방에서 자지러지는 듯한 **비명**이 들려왔어.

놀라서 달려가 보니 아빠가 변기를 끌어안은 채 초호화판 욕실에 꿇어앉아

있지 뭐야.

아니, 뭘 잘못 먹어서 토하는 게 아니라

정말로 변기를 꼭 **끌어안고** 있더라니까.

그건 그냥 변기가 아니라 엉덩이를 데우는

기능에 마사지 기능까지 갖춘 최첨단

변기였거든. 아빠가 나를 쳐다봤어. 눈에

눈물이 그렁그렁했어.

"저스 처즈, 난 평생, 이런 날이 오기만을

꿈꿔 왔단다!"

아빠에게도 여기는 **천국**이었던 거야!

나는 새 스마트폰을 시험해 볼 겸

할머니랑 영상 통화를 시도했어.

하지만 할머니는 기계랑 친하지를

않아서 통화 내내 **콧구멍**밖에 안

보였어.

우리가 너 때문에 얼마나 걱정했는지 아니!

슬쩍이도 인사했어.

미아도 내 안부를 물으려고 왔다가
손을 흔들었어.

미아에게 내가 수요일 하루를 어떻게 지냈는지 **전부 다** 말해 줬어.

오후 8시 45분

엄마, 아빠는 굿나잇 뽀뽀를 해 준 뒤
각자의 방으로 자러 갔어.

오후 8시 50분

미아한테 메시지가
왔어. 내 이야기를 듣고
그린 로봇 상어 유니콘 →
그림을 보내 주었지.

역시, 예상했던 대로
굉장했어!

멋진 아이디어,
고마워!

오후 8시 55분

썩 내키지는 않았지만,
스마트폰을 켠 김에 뿌직이 조회
수도 한번 봐 주기로 했어. 우아,
어느새 **20억**을 넘겼잖아!

마빈은 아까 섬에서 찍은
새 영상들을 벌써 올리는 중이었어.
이런 녀석과 곧 **형제**가 돼야 한다니,
믿고 싶지 않아!

오후 9시 30분

엄마한테는 물론 일찍 자겠다고 했지. 방송국에
가려면 꼭두새벽에 일어나야 하니까.

솔직히 피곤하기도 했어. 하지만 도저히 잘
수가 없었어. 새로 나온, 그것도 공식적으로는 아직
출시도 안 된 **슈팅 스쿼드 IX** 비디오 게임이
콘솔 게임기랑 초대형 스크린하고 같이 있는데 잠이
오겠냐고!

나는 침대에서 **일어나** 살금살금 소파로 갔어.
그러고는 점점 무거워지는 눈꺼풀과 싸우며 게임을
시작했지.

시끄러운 소리가 나를 깨웠어.

쿵쿵 쿵쿵 쿵쿵 쿵쿵!

처음에는 내가 **어디에 있는지**도 몰랐어. 그러다 천천히 기억이 돌아왔어. 눈을 떠 보니 소파에서 잠들어 있었어. **대각선으로** 누워 잘 수도 있는 **푹신한** 킹사이즈 침대를 두고 여기서 자다니. 아까워라!

그런데 또 **문 두드리는 소리**가 들렸어.

아빠가 틀림없었어. 예전에도 여행 갔다가 비슷한 일을 겪은 적이 있거든. 아빠가 욕실에 가려고 **알몸**으로 문을 열고 들어갔는데, 욕실 문이 아니라 방문을 열고 나갔던 거야. 덕분에

회상 장면

발가벗은 채로 복도에서 고생을 좀 했지.

반쯤 잠든 채로 **비틀비틀** 문으로 걸어갔어.

그래도 아빠인지 확인은 해야지. 최소한 **팬티**는 입었기를!

내 눈을 믿을 수가 없었어. 한 번 더, 다른 눈으로 봤는데도 마찬가지였어.

문구멍에 달린 렌즈 때문에 얼굴이 좀 **이상해** 보이기는 했지만, 저 조각 같은
턱선을 내가 못 알아볼 리가 없었어.

에이, 설마. **진짜...**

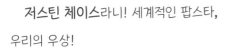

저스틴 체이스라니! 세계적인 팝스타,
우리의 우상!

　네가 우물쭈물하는 사이, 시스빈 형이
숨을 헐떡이며 (와, 진짜 잘생겼다.) 안으로
들어왔어. 그러고는 다급하게 애원했지.
"너, 나 좀 도와줘야겠다!"

　형이 황급히 문을 **쾅**
닫더니 불까지 꺼 버렸어.
순식간에 **어둠** 속에 빠져
버린 거야.

수요일도 정말 너무했다고?

그럼 기다려 봐.

내 인생 최악의 일주일,

그다음 날이 **곧 찾아올 거야!**

내인생 최악의 일주일

월요일 	**화요일** 
수요일 	**목요일** 	**금요일**
토요일 	**일요일** 	

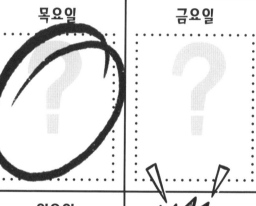

저스틴 체이스가 알려 주는
꿀잼 상식

앵무새들은 성대가 없지만, 사람의 말을 비롯해 소리를 **흉내** 낼 수 있어. 어떤 앵무새는 천 개가 넘는 단어를 배웠어!

우주비행사들은 자기 소변을 마셔. 물론 여과 시스템을 통해 깨끗한 물로 만든 다음 식수로 재활용하는 거지.

야생에 사는 원숭이는 위협을 받으면 돌이나 나뭇가지를 던져. 하지만 **고함원숭이**들은 실제로 자기 **똥**을 던져서 방어해. 우엑!

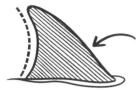

여기 보이는 **지느러미**는 누구 거일까?
돌고래 지느러미? 아니면 상어
지느러미? 돌고래 지느러미는 뒤로
약간 휘어 있는 반면, 상어 지느러미는
삼각형처럼 일직선이야. 두 동물의
또 다른 큰 차이점은 돌고래는
정온동물인 **포유류**이고, 상어는
변온동물인 **어류**라는 거야.

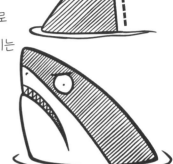

S.O.S.는 똑바로 읽으나, 위에서 읽으나 아래에서 읽으나 늘
S.O.S.야. 그래서 하늘에서도 쉽게 발견할 수 있지. S.O.S. 같은 글자를
앰비그램이라고 해. 영어 단어 dollop(한 숟가락), pod(콩깍지),
swims(수영하다), 그리고 한국어 '곰/문'도 다 앰비그램이야.

S.O.S가 무슨 뜻이더라?
사실 S.O.S.는 배가 바다에서 위기에 처했을 때 조난
신호로 사용하던 **모스 부호**야. 점 세 개 (···),
선 세 개 (− − −), 다시 점 세 개 (···)로 이루어진
일련의 신호일 뿐이지, 줄임말이 아니야. 이 신호는
1906년 국제적으로 채택되었고, 1908년부터는
공식적으로 사용되기 시작했어.

슬쩍이 그리는 법

1단계
먼저 원 두 개를
나란히 그려.

2단계
점을 찍어 눈동자를 그리고,
속눈썹도 세 개씩 그려 줘.

3단계
코는 역삼각형이야.
각을 너무 뾰족하게 그리지 말고
살짝 둥글리도록 해.

4단계
코밑에 웃는 입을 그린 다음
혀를 그려.

5단계
얼굴은 U를 거꾸로
크게 그리면 돼.

6단계
귀는 대문자 D가
마주 보는 것처럼 그려.

7단계
선 두 개로 목걸이를 그리고
밑에 하트 방울도 달아 줘.

8단계
이제 마무리만 하면 돼.
주둥이에 점을 찍고, 귀에는 선으로
명암 표시를 해. 침은 그려도 되고
안 그려도 돼. 원하면 예쁘게
색깔도 칠해.

왈!*

*잘 그렸어, 꼬마 인간!

목요일 에는
무슨 일이 일어날 것 같아?

_____
_____
_____
_____
_____
_____
_____

그림으로도 그려 봐.

이바와 맷의 편지

이바는 글을 쓰고   맷은 글을 같이 쓰고 그림을 담당했어.

꼬마 이바:
훌라 스타일

꼬마 맷:
해적 스타일

_____ 에게

여기에 네 이름을 써.   (혹시 도서관에서 빌린 책이라면 이름을 썼다고 상상만
                              하든지 눈에 보이지 않는 매직펜으로 써야 해.)

우아, 굉장한데? 수요일까지 버텨 내다니!* 최악의 일주일이 절반쯤 지나도록 우리와

함께해 줘서 정말 고마워! 우린 둘 다 테마파크를 너무, 너무 좋아해.(넌 어때?)

그래서 이번 이야기는 약간 롤러코스터 타는 느낌이 들도록 써 봤어.

1) 웃음과 스릴

2) 예상치 못한 반전

3) 비명, 비명, 또 비명

4) 금방이라도 토할 것 같은 느낌

5) 이 모든 걸 다 집어넣어서 말이야.

*지금 이 칭찬은 네가 월요일,
화요일은 건너뛰고 수요일만
읽은 게 아니라는 가정하에서
하는 거야. 수요일부터
시작하는 건 좀 이상하잖아.
아, 물론 그래도 괜찮아.
안 될 거야 없지. 이상한 건
좋은 거니까!

롤러코스터 얘기가 나와서 말인데, 우린 요즘 맨날 롤러코스터를 타고 있어. 아니, 정말 그런 건 아니고(노트북을 가지고는 못 타니까!) 그런 기분이라고. 흥분되고, 얼떨떨하고, 살짝 어지럽기도 하고. 이게 다 네 덕분이야. 그래 너. 너 말이야!

넌 정말 똑똑하고 믿을 수 없으리만치 잘생기고 예쁜 데다 심지어 책을 고르는 취향까지 뛰어나. 서점에서 수많은 책을 고를 수 있었을 텐데도 넌 우리의 이 우스꽝스러운 책을 선택해 줬지. 유행을 선도하는 네가 이 책을 골라 준 덕분에, 「내 인생 최악의 일주일」은 여러 언어로 출판되고 전 세계 어린이들이 읽는 베스트셀러가 됐어.

아직도 믿어지질 않아. 정말 고마워! 자, 하이 파이브. 주먹 인사도! 앞으로 또 어떤 모험이 계속될까? 상상만 해도 가슴이 두근거려.

어쨌든 너의 일주일은 저스틴처럼 끔찍하지 않길 바라. 더불어 팬티에 모래도 들어가지 않기를! 자, 그럼 목요일에 보자. 안녕.

Eva ♡ Matt ☺

P.S. 소변은 절대 마시지 마! 울프 그런츠의 말은 무시해.

P.P.S. 책은 계속 많이 읽어! 가장 좋은 건 가까운 도서관에 가서 회원이 되는 거야. 도서관에는 책이 아주 많고 다 공짜야. 믿어지니? 물론, 다시 돌려는 줘야지. 하지만 그러면 또 더 많은 책을 무료로 빌려 읽을 수 있어! 도서관은 너무 근사하지 않니? "네, 정말 근사해요!"라고 대답해 줘.

P.P.P.S. 삶은 오르막과 내리막이 반복되는 롤러코스터야. 하지만 과감히 올라타 봐! 두려움이 앞서더라도 말이야.

이바 아모리스는 디자이너 및 사진작가로 시드니 오페라 하우스, ABC 호주 공영 방송국 등과 함께 일했어. 필리핀에서 태어나 고등학교 때 호주로 이민을 갔지. 신발과 여행을 좋아해. 그리고 또… 신발을 정말 좋아해.

맷 코스그로브는 유명한 베스트셀러 작가 겸 일러스트레이터야. 호주 웨스턴 시드니에서 태어나고 자랐어. 초콜릿과 사회적 교류 피하는 걸 좋아해. 그리고 또… 초콜릿을 정말 좋아해.

이바와 맷은 25년 전 대학에서 처음 만났어. 조별 과제를 위해 아무렇게나 팀을 나눴는데 우연히 같은 팀이 된 거지. 하지만 그때부터 둘은 늘 함께 작업했어. 같이 저녁을 만들고, 케이크를 굽고, 일을 망치고, 침대를 정리하고, 실수하고, 추억을 만들고, 촌스러운 옷을 고르고, 두 명의 진짜 인간까지 만들었지. 하지만 함께 책을 쓰기는 이번이 처음이야.

코로나 시기에 세상이 좀 우울했을 때 두 사람은 당연히 빵이나 만들고, 넷플릭스만 몰아볼 수도 있었어. 하지만 천만에. 이바와 맷은 이 끔찍한 「내 인생 최악의 일주일」 시리즈를 탄생시키기로 한 거야!(미안.)

자, 여기 이게 이바와 맷이야. 잘 봐 뒀다가 혹시라도 두 사람이다 싶으면 잽싸게 피하도록 해.

해적으로 변장한 모습
(누가 알아?
변장을 하고 나타날지)